汉译世界文学名著丛书

别尔金小说集

〔俄〕普希金 著

刘文飞 译

商务印书馆
The Commercial Press

Александр Сергеевич Пушкин

ПОВЕСТИ БЕЛКИНА

根据 Наука, Ленинград, 1977−1979 年版

《普希金全集》（十卷本）译出

汉译世界文学名著丛书
出 版 说 明

　　1902 年，我馆筹组编译所之初，即广邀名家，如梁启超、林纾等，翻译出版外国文学名著，风靡一时；其后策划多种文学翻译系列丛书，如"说部丛书""林译小说丛书""世界文学名著""英汉对照名家小说选"等，接踵刊行，影响甚巨。从此，文学翻译成为我馆不可或缺的出版方向，百余年来，未尝间断。2021 年，正值"汉译世界学术名著丛书"出版 40 周年之际，我馆规划出版"汉译世界文学名著丛书"，赓续传统，立足当下，面向未来，为读者系统提供世界文学佳作。

　　本丛书的出版主旨，大凡有三：一是不论作品所出的民族、区域、国家、语言，不论体裁所属之诗歌、小说、戏剧、散文、传记，只要是历史上确有定评的经典，皆在本丛书收录之列，力求名作无遗，诸体皆备；二是不论译者的背景、资历、出身、年龄，只要其翻译质量合乎我馆要求，皆在本丛书收录之列，力求译笔精当，抉发文心；三是不论需要何种付出，我馆必以一贯之定力与努力，长期经营，积以时日，力求成就一套完整呈现世界文学经典全貌的汉译精品丛书。我们衷心期待各界朋友推荐佳作，携稿来归，批评指教，共襄盛举。

商务印书馆编辑部

2021 年 8 月

普希金的《别尔金小说集》

一

　　1830年秋，普希金对莫斯科美女娜塔莉娅·冈察罗娃的求婚在一波三折之后终于获得女方及其父母的应允，普希金的父亲于是把位于下诺夫哥罗德省的波尔金诺庄园送给普希金作为结婚礼物。普希金前往波尔金诺办理相关手续，不料却被一场瘟疫所困，在该庄园滞留达三个月之久。令人吃惊的是，被突如其来的瘟疫所烦扰、时刻惦记着刚订婚不久的未婚妻的普希金竟然能潜心写作，迎来其创作史中著名的"波尔金诺的秋天"。在这个金色的秋天，普希金完成诗体长篇小说《叶夫盖尼·奥涅金》的最后两章，相继写成长诗《科隆纳一人家》《神父和他的长工巴尔达的故事》、30余首抒情诗以及《莫扎特和沙莱里》《石客》《吝啬的骑士》和《瘟疫流行时的宴会》这四部"小悲剧"，而短篇小说集《别尔金小说集》也是普希金"波尔金诺的秋天"的最重要收获之一。普希金还在手稿上一一标明了这五篇小说具体的完稿日期：《棺材匠》完成于9月9日，《驿站长》完成于9月14日，《村姑小姐》完成于9月20日，《射击》完成于10月14日，《暴风雪》完成于 10 月 20 日。每篇小说的写作分别用了大约一周的时间。

《别尔金小说集》是由五个短篇构成的系列小说，普希金故弄玄虚，障人耳目，为这些小说虚构了一位作者，即别尔金（Белкин）；这部小说集有一个很长的标题，即《亚·普出版的逝者伊万·彼得罗维奇·别尔金的小说》，作者是"逝者"，也就死无对证了。普希金特意在小说集前附了一篇《出版人的话》，在其中"简短地介绍一下已去世的作者的身世"。出版人其实并不认识这位已故作者，于是去信向逝者的一位"好友和近邻"询问，对方的回信被出版人全文刊载出来，使我们对这位"故事作者"有所了解：别尔金生于 1798 年（比普希金大一岁），父亲是一名准校，退伍后定居乡间；别尔金在军中服役至 1823 年，在父母去世后返回家乡，他温和朴实，不善管理庄园，生活也很俭朴，后来死于一场感冒引起的热病。"伊万·彼得罗维奇中等身材，眼睛是灰色的，头发是淡褐色的，他鼻子直挺，面色苍白且消瘦。"回信人还说，除了这几篇故事外，别尔金还留下大量手稿，只可惜那些手稿后来都被别尔金的女管家拿去糊窗户了。回信人还顺便提及，这些故事大多是真实的，是别尔金从其他人那里听来的。出版人普希金还煞有介事地用注脚的形式提及，他在别尔金的手稿中也发现了作者的"亲笔"标注："《驿站长》是九等文官 А. Г. Н. 对他讲述的，《射击》为中校 И. Л. П. 所讲述，《棺材匠》为店伙计 Б. В. 所讲述，《暴风雪》和《村姑小姐》为少女 К. И. Т. 所讲述。"也就是说，在出版人普希金的身后有一位小说作者别尔金，在小说作者别尔金的身后还有四位故事讲述人。

普希金在写作和发表《别尔金小说集》时为何要给自己戴上这样一副作者面具呢？之前的研究者有一种猜测，认为普希金可能对自己最初的小说创作尝试还有些信心不足，或是担心自己这些与当时流行文风相去甚远的新型小说很难为人们所接受，因此匿名发表了这些小说。其实，我们更愿意把别尔金视为普希金的"第二自我"，把这种作者面具当作普希金特意为之的小说叙事策略。别尔金是普希金虚构的一位小说家，但别尔金在作品中的所思所想、所言所论却无疑是代表普希金的；别尔金既是普希金笔下的文学主人公，同时也是作为故事讲述人的"我"。两种假托，双层面具，多重身份，作者、叙事者和主人公之间的这种复杂关系赋予了普希金游刃有余的小说结构空间和自由开阔的小说叙事时间，普希金可以同时扮演作者、主人公和类似诗歌中的抒情主人公等不同角色，自如地进出文本。

二

《别尔金小说集》中的五篇小说，篇篇都是妙趣横生的精彩故事。

《射击》塑造了一个"硬汉"形象。一位名叫西尔维奥的军人因为嫉妒一位身为伯爵的青年军官的春风得意，有意挑起两人的决斗。决斗中他见对方若无其事地在吃樱桃，于是觉得，剥夺一个不把生命当一回事的人的生命，这是无意义的举动，算不得复仇，于是他没有开枪，并告诉对方，他保留在合适的时机再开这一枪的权利。等到伯爵结婚成家，开始幸福生活时，西尔维奥赶去复仇。伯爵又一次抓到首先开枪的阄儿，他像上次一样没有打中（他其实也像上次一样未必想打中对方），子弹落在一幅画上。西尔维奥举起手枪，面对伯爵惊慌失措的神情，面对伯爵妻子的下跪求情，他再次放弃开枪；但在走出房间时他回身开了一枪，子弹击中了伯爵刚刚在那幅画上留下的枪眼。在这篇小说里，普希金借用了他本人生活经历中的一个片段：1822年7月，处于"南方流放"中的普希金曾在基什尼奥夫与一个名叫祖博夫的军官决斗；在祖博夫举枪瞄准时，普希金却在面不改色地吃着装在礼帽中的樱桃；祖博夫没打中，而普希金则放弃了开枪的权利，没和对手讲和便走开了。

《暴风雪》和《村姑小姐》是两个有情人终成眷属的爱情故事。在《暴风雪》中，贵族小姐玛丽娅爱上同村一位出身贫寒的陆军准尉弗拉基米尔。两家地位悬殊，玛丽娅的父母不同意这门婚事，于是两个年轻人决定私奔，分别乘坐马车到邻村的教堂去举行婚礼，生米煮成熟饭，然后再去请求玛丽娅父母的宽恕。但是，弗拉基米尔却在去教堂的途中遭遇了一场暴风雪，迷了路，待赶到教堂时却见玛丽娅已经离去；

他懊恼不已，赶回部队，后在抗击拿破仑的战争中牺牲。若干年后，玛丽娅遇见负伤退伍的骠骑兵少校布尔明，两人情投意合，但布尔明却始终犹豫不决，似有难言之隐。最终，布尔明向玛丽娅坦白，他曾在一个暴风雪之夜闯入他人的秘密婚礼，恶作剧般地扮演过新郎，玛丽娅惊呼一声："您认不出我来了吗？"布尔明脸色苍白地跪倒在玛丽娅脚下。阴差阳错的私奔，还愿偿债似的婚事，构成这篇小说的情节线索，而贯穿其中的"暴风雪"则既象征着无常的命运，也化身为两位有情人的红娘。

在《村姑小姐》中，同村两位贵族老爷因为生活方式不同而互有成见：一位是俄国做派，一位是英国风格。英式贵族家的小姐丽莎生性活泼，为了能像自家女仆一样在林中"偶遇"俄式贵族家的公子阿列克赛，她假扮成"村姑"，即乡村铁匠的女儿阿库尼娜，并真的与前来打猎的阿列克赛相遇了，两人互生情愫。于是，"乡村姑娘"和"青年猎手"便常在林中约会，互诉衷情。直到有一天，阿列克赛得知他根据双方父亲的意愿必须与邻居家的贵族小姐丽莎订婚，他决定直接去找那位贵族小姐说明情况。待他闯入丽莎的家，却见到心爱的阿库尼娜身着白色的晨衣，正坐在窗前读自己的来信。他激动地握住丽莎的手："阿库尼娜！我的朋友，阿库尼娜！……"这对活泼可爱的主人公所赢得的皆大欢喜的结局，似乎隐隐体现出了普希金这样一种价值取向，即乡间的清纯胜过上流社会的浮华，深刻的俄罗斯精神胜过对外来文化的拙劣模仿。

《棺材匠》和《驿站长》都是描写底层人日常生活的故事。莫斯科的棺材匠阿德里安刚迁入新居，他应邻居手艺人、德裔鞋匠舒尔茨的邀请去参加其结婚纪念日宴会。席间，手艺人们纷纷为各自的"顾客"干杯，有人提议也为阿德里安的顾客，即死人干杯，阿德里安感觉受辱，他趁着酒劲声称，他要邀请之前的顾客来庆贺自己的乔迁之喜。当天夜里，被阿德里安送葬的那些死人果然纷纷来到他家，"所有的死人，女人和男人们，都围着棺材匠，向他鞠躬，向他问好"。当棺材匠在恐惧中推倒一具骷髅，死人们愤怒地围住他，发出愤怒的咒骂；棺材匠吓得跌倒在地，失去了知觉。待他清早被女仆唤醒，方知这只是一场噩梦。《棺材匠》中的主人公是有真实的生活原型的，他就是住在离冈察罗娃家（今莫斯科市赫尔岑街5号）不远处的棺材匠阿德里安。但是，棺材匠的可怕梦境却是假定的、荒诞的，它既能与棺材匠的职业相吻合，又能与城市平民的生活构成呼应。

《驿站长》是《别尔金小说集》中知名度最高的一篇，因为其中所塑造的"小人物"维林被视为俄国文学中最著名的文学主人公之一。维林是一名驿站长，是俄国官员体系中级别最低的十四品文官，他一贯饱受过路的官员和军人的欺压。维林的女儿杜尼娅是一个漂亮、机灵的少女，她帮助父亲打理驿站，总能在父亲遭遇困境时化解危机。一天，过路的骠骑兵军官明斯基看上杜尼娅，他装病在驿站躺了几天，然后拐走了杜尼娅。孤苦伶仃的驿站长赶到彼得堡去寻女，却被明斯基赶了出来，之后终日借酒消愁，不久就去世了。杜尼娅与明斯基的生活看起来过得还不错，生下三个孩子。作者在小说结尾写道，杜尼娅带着孩子们回到故乡，听说父亲已经去世，"就哭了起来"，她还趴在父亲的坟前，"趴了好久"。

三

《别尔金小说集》中的五个短篇体现出了惊人的风格多样性，它们似乎是用多种不同的小说手法写成的。《射击》的情节近似欧洲文学中的骑士传奇和复仇故事，《棺材匠》是哥特式小说的写法，《村姑小姐》是一出用散文方式写成的轻喜剧，《暴风雪》近似当时十分流行的感伤主义小说，《驿站长》中则隐含着浪子故事的母题。可以说，普希金在《别尔金小说集》中尝试了当时流行的所有小说方式，如感伤主义和浪漫主义、哥特式小说和轻喜剧、市民传奇和乡村故事。然而，普希金的这些"戏仿"却服务于他的一个总的小说创作追求，即尝试创建俄国的现实主义小说美学范式。普希金把那些欧洲小说传统移植到俄国社会生活的土壤之上，将那些小说中类型化的主人公置换成俄国现实生活中的真实人物。在《别尔金小说集》中，题材的涵盖面十分广阔：贵族生活和平民生计、乡村风俗和城市场景、复仇故事和爱情喜剧、现实和梦境——这一切全都交织于一体，构成一幅十九世纪二三十年代俄国社会生活的生动画面。《别尔金小说集》中的人物，无论是一心复仇的军官还是忙于恋爱的乡村贵族青年，无论是城市里的手艺人还是俄国官场的最底层，其形象都十分准确、鲜明，构成了当时俄国社会生活的众生图。《别尔金小说集》发表后，有人问普希金谁是别尔金，普希金回答："别管这人是谁，小说就应该这样来写：朴实，简洁，明晰。"在此之前的1822年，普希金在他的《论俄国散文》一文中就曾说过："准确和简练，这就是散文的首要长处。"我们不难发现，普希金的这一小说创作原则在《别尔金小说集》中得到了坚决的贯彻。所谓"简朴和明晰"在《别尔金小说集》中的首要体现，就是前面所言的作为小说作者的普希金面对生活的现实主义态度，即他对现实生活多面的、真实的反映，对现实的人的具体的、典型化的塑造，这正是现实主义小说艺术最突出的特征。

除此之外，普希金的"简朴和明晰"的美学风格还表现在《别尔金小说集》的结构和文体上。这部小说集的作品篇幅都不长，译成汉语短的只有数千字，最长的《村姑小姐》也不过两万字。这几篇小说均只有一条故事线索，发展脉络非常清晰，而且，普希金还往往会把故事发展的中间一大段次要情节切去，仅留下故事的开端和结局，这样做的结果是不仅节约了篇幅，使小说的结构更加精致，同时还强化了故事的悬念和叙事的张力。《射击》《暴风雪》和《驿站长》都是由两个部分组成的，作者只截取了故事的一头一尾。这些小说的结尾也都十分利落，《暴风雪》《村姑小姐》和《棺材匠》更是戛然而止的。在《村姑小姐》的结尾，普希金更是调侃道："读者们是会允许我摆脱那描写结局的多余义务的。"《别尔金小说集》中很少有细节描写和心理描写。同样是在《村姑小姐》中，叙事人半开玩笑地说道，如果他放任自己，一定会大段大段地描写人物的服饰和神情等种种细节，可他并不打算那样做，"所以我省略了它们"。普希金还采取了很多诗歌手法，比如他常用几句简单的插笔，便改变了故事线索发展和转换的时空，他的小说文本也布满了比喻和隐喻等诗歌手法。普希金的小说文体也是很简洁的，他的小说句式不长，人物的对话也大多是三言两语。他有意较多地使用分号，使得小说的句式显得十分简短。这一切合为一体，使得普希金的五篇别尔金小说都像是白描小说，充满动感和张力，近乎缩微版的长篇小说。别尔金这个姓氏在俄文中有"松鼠"之义，不知普希金为他假托的小说作者起了这样一个名字，是否在有意凸显这些小说灵动、跳跃的叙事节奏。

文如其人，《别尔金小说集》也很像普希金本人，是充满幽默和温暖的小说。在这些小说中，具有全视角叙事能力的普希金似乎在善待小说中的每一个人物。在他的笔下，就像在契诃夫的笔下一样，没有一位天使，也没有一个恶魔。《暴风雪》和《村姑小姐》中的两对有情人均终成眷属；在暴风雪中迷路的弗拉基米尔后来在卫国战争中捐躯疆场，也算是一位民族英雄。棺材匠虽工于心计，在为死者提供服务时也偶尔偷工减料，但他在噩梦之后心情大好，生意也一定会持续下去，因为人总是要死的。《驿站长》中的军官明斯基是个骗子，他甚至冷酷地对待自己的"岳父"，可是从杜尼娅后来的"幸福生活"来看，他似乎也承担起了他做父亲和丈夫（情夫？）的职责。《射击》中的西尔维奥身上无疑有着普希金自己的影子，他一心复仇，最终却用宽恕完成了复仇，他的"高尚"举动无疑是符合普希金的胃口的。面对自己笔下的人物，普希金似乎一概采取某种中立的态度，既有欣赏和同情，也有淡淡的嘲讽，就像对待现实生活中的人一样，没有古典主义式的自下而上的称颂，也没有感伤主义式的居高临下的同情。通过这样的态度，普希金揭示并展现了普通人性格中的多样性和复杂性，也显示出了真实之人的真实。他似乎没有在小说中对这些人物的行为做过多的道德判断，让他们自行其是，但他其实是把这样的裁决权交到了读者的手中。在《别尔金小说集》中，普希金带着他一贯的善良和慷慨面对每一个人物，但他的这种温暖又因为小说中不断出现的幽默而染上了一层谐谑色调。比如《暴风雪》中的玛丽娅在经历了夜间失败的秘密婚礼之后，第二天早晨脸色苍白地走出房间，她的妈妈看到后惊呼：你昨夜大概是煤气中毒了！又如在提到棺材匠的那些主顾们，即那些"不幸的"死者家属时，小说作者在修饰他们的形容词"不幸的"后面加了一个括号，其中写道："有时也是心满意足的"。再如，善于在作品中对身在俄国的外国人冷嘲热讽的普希金，在写到丽莎的英国女教师出场时，称她"把腰身束得像个高脚杯"。

四

    《别尔金小说集》不仅是普希金本人创作中第一部完整的小说作品，也是俄国小说发展史中第一部完美的杰作。在普希金的小说创作中，《别尔金小说集》处于居中位置。在这之前，他的第一部正式的小说作品《彼得大帝的黑孩子》写于 1827 年，但未完成；在这之后，他继续小说写作，几乎每年都有新作；他的最后一部小说《大尉的女儿》完成于 1836 年，这也是他唯一一部完成的长篇小说。在未完成的长篇小说《彼得大帝的黑孩子》和唯一一部完成的长篇小说《大尉的女儿》之间，作为第一部完整小说作品的《别尔金小说集》承前启后，构成一座桥梁。正是通过《别尔金小说集》的写作，普希金完成了从诗歌写作到诗歌与散文写作并重、从浪漫主义到浪漫主义与现实主义并重的创作转折。

    在俄国小说发展史上，《别尔金小说集》也具有里程碑式的重大意义。在普希金写作这些小说的十九世纪三十年代，俄国文学在经历了以罗蒙诺索夫等为代表的古典主义时代以及以茹科夫斯基等为代表的浪漫主义时代之后已达到很高水平，但是其主要成就仍体现在诗歌创作领域，小说的创作水平还不高。在普希金之前，卡拉姆津、别斯图舍夫－马尔林斯基的创作标志着俄国小说的形成，但他们的作品都不同程度地带有模仿西欧作家的痕迹，还不完全是源自俄国生活、具有民族风格的俄国小说。在这样的文学史背景下，普希金的小说创作的意义就愈显突出了。普希金作为当时最著名的诗人之一，却在一个诗歌占统治地位的时代完成了定型俄国小说的历史任务，这不能不令人惊叹。

普希金对俄国小说的贡献首先就在于其小说的民族属性上，他的小说的主要对象是各种俄国人的生活及其喜怒哀乐。在普希金的小说创作中可以看到某些西欧作家影响的痕迹，如西欧骑士小说及其主要人物的主仆组合方式，司各特历史小说的人物塑造手法，卢梭等人情感小说的书信文体及情绪基调，斯泰恩的感伤议论，拜伦式的历险英雄等等；但是，普希金却将这一切都"俄国化"了，使这些方式或情绪首先要服从于俄国的生活。第一个将普希金称为"俄罗斯民族诗人"（这里的"诗人"一词似是广义的，而不单单是指诗的作者）的果戈理，在他的《关于普希金的几句话》一文中这样写道："一提起普希金，立刻就使人想到他是一位俄罗斯民族诗人。事实上，我们的诗人中没有人比他高，也不可能比他更有资格被称为民族诗人。这个权利无论如何是属于他的。在他身上，就像在一部辞典里一样，包含着我国语言的一切财富、力量和灵活性。他比任何人都更多更远地扩大了我国语言的疆界，更多地显示了它的全部疆域。普希金是一个特殊的现象，也许是俄国精神的唯一现象：他是一个高度发展的俄国人，说不定这样的俄国人要在两百年以后才能出现。在他身上，俄国大自然、俄国灵魂、俄国语言、俄国性格反映得如此明晰，如此纯美，就像景物反映在凸镜的镜面上一样。"果戈理与普希金几乎是同时代人，他能给予普希金如此之高的评价，足可见普希金在当时的威信和影响。

普希金对俄国小说的深远影响，还在于前文提及的他对生活的现实主义态度。《别尔金小说集》发表后，果然不出普希金所料，在读者和批评家中间出现了一些非议，认为这些小说过于"粗俗"了。但是，普希金的目的正在于用对现实生活的现实主义描写来矫正俄国小说的走向。如果说，古典主义和浪漫主义使俄国诗歌达到了欧洲水平，那么，对生活的现实主义态度则是俄国小说进一步发展的首要前提之一。在《别尔金小说集》出版之后，普希金的小说美学逐渐得到了广泛的接受和认同，《别尔金小说集》的写法也成为一种新的文学时尚，人们意识到，俄国小说原来还可以换一种方式来写。许多年之后，托尔斯泰仍在对人们说："你们首先要通读《别尔金小说集》，每一位作家都应该把这些小说研究，再研究。这几天我就这样做了，我难以向你们转述这一阅读给我带来的良好的影响。"

从小说类型学的角度来看，《别尔金小说集》对其后俄国小说的影响也是深远的。在通过诗体小说《叶夫盖尼·奥涅金》把"多余人"的形象送进俄国文学之后，普希金又通过《驿站长》把"小人物"带入了俄国文学形象的画廊，这一文学形象中所蕴含的深刻的人道主义精神，更是为十九世纪俄国文学中源远流长的批评现实主义传统奠定了基调。《棺材匠》与普希金后来的《黑桃皇后》等小说一同，构成俄国文学中后来出现的包括彼得堡小说在内的都市文学之先声，对果戈理、陀思妥耶夫斯基等人的创作产生了很大影响。《暴风雪》和《村姑小姐》中对于乡村贵族生活的描写，后来也在屠格涅夫、托尔斯泰等人的长篇小说中得到延续。一位小说家，而且是一位诗人小说家，能对俄国众多的小说大家产生如此多面的影响，这足以说明《别尔金小说集》在俄国文学史中所占据的重要地位。

陀思妥耶夫斯基曾说过一句名言："我们都来自果戈理的《外套》。"我们或许可以说，包括果戈理在内的许多俄国作家都来自普希金。这不仅仅是就《驿站长》对《外套》的直接影响而言的，也不仅仅是就普希金对果戈理的巨大影响和后者对前者的崇高评价而言的；这是因为，俄国小说自普希金起出现了一个明显的转折，俄国小说后来的诸多特征和传统都可以追溯至普希金及其《别尔金小说集》。这样的影响甚至一直持续至当下，著名的俄罗斯后现代主义小说家索罗金的长篇小说《暴风雪》就是对普希金同题小说的戏仿和互文。2002 年，俄罗斯埃克斯莫出版社和《旗》杂志还曾联袂设立"别尔金小说奖"，用以奖励每年最出色的中篇小说。评委由五人组成，每年入围作品为五部，以呼应由五部作品组成的《别尔金小说集》的结构。

目 录

出版人的话

　　普罗斯塔科娃太太：我的先生，他可是自小就爱听故事。

　　斯科季宁：米特罗凡像我。

——《纨绔少年》

　　在张罗了此时呈现在公众面前的伊·彼·别尔金的小说的出版事宜之后，我们想附带地，哪怕是简短地介绍一下已去世的作者的身世，并以此来满足祖国语言爱好者们合理的好奇心。为了这一目的，我们找过玛丽娅·阿列克赛耶夫娜·特拉费里娜，她是伊万·彼得罗维奇·别尔金的近亲和继承人；但是，遗憾的是，她也无法向我们提供任何关于作者的情况，因为她根本就没见过逝者。她建议我们为这事去找一位可敬的先生，他是伊万·彼得罗维奇的故友。我们遵从这一建议，给他去了一封信，后接到如下这封热心的回信。我们把该信原封不动地刊载于此，也不加任何解释。此信是一份体现了卓越见解和动人友谊的珍贵文献，同时，它也是一份相当翔实的传记材料。

尊敬的××先生！

我有幸在本月23日收悉您本月15日发出的贵函，知您欲了解我过去的好友和近邻、已去世的伊万·彼得罗维奇·别尔金的生卒年月、工作和家庭状况以及他的事业和性格。我非常乐意完成您的要求，兹向您，我尊敬的先生，奉上我所能记住的他所有的谈话以及我个人的观察。

伊万·彼得罗维奇·别尔金于1798年出生在戈柳希诺村，父母都是诚实、高尚的人。他的父亲彼得·伊万诺维奇·别尔金是一位准校，后来娶了特拉费里内家的姑娘佩拉盖娅·加夫里罗夫娜。他不富裕，但有节有制，持家有方。他的儿子在乡村牧师处接受了最初的教育。儿子对阅读、对俄罗斯语言知识的兴趣，大约就应该归功于那位可敬的牧师先生。1815年，他入伍进了一个步兵团（番号我忘记了），一直服役到1823年。他的父母几乎同时去世，这使他退了役，回到了故乡戈柳希诺村。

伊万·彼得罗维奇掌管财产后，由于缺乏经验和心慈手软，在很短的时间里就将家事弃之不管了，由他逝去的父亲所制定的严格的规矩也松弛了下来。他撤下那个认真负责、机灵麻利，但却招来农民不满（农民们总是这样）的村长，任命他的一个年老的女管家来管理他的田庄，这位女管家靠讲故事的本领赢得了他的信任。

这个愚蠢的老女人从来分不清二十五卢布的钞票和五十卢布的钞票；她是全村农民的教母，全村的农民都不怕她；村民们选出的村长对村民姑息迁就，还合起伙来行骗，以至于伊万·彼得罗维奇不得不取消徭役制，而实行了相当有限的代役制；但是就这样，农民们还在利用他的软弱，第一年就借故提出了减租的要求，后来几年，便用核桃、越橘之类的东西来充租；就是这样的东西，也还要拖欠。

作为伊万·彼得罗维奇已故父亲的朋友，我觉得我有责任向他的儿子提出自己的忠告，多次自告奋勇地去恢复被他弃置的从前的规矩。为此，我有一次到了他那里，要来账本，叫来骗子村长，当着伊万·彼得罗维奇的面着手查账。年轻的主人一开始还全神贯注地随我查着账；但是，当账目显示出，近两年间村民的人口增多了，而家禽家畜的数目却被有意地缩小了，这时，伊万·彼得罗维奇因这最初的结果而心满意足，接下来便不再听我说什么了，而就在我以我的核查结果和厉声审问使那位骗子村长极其慌乱、完全哑口无言的时候，我非常遗憾地听到了坐在椅子上的伊万·彼得罗维奇那响亮的鼾声。从那以后，我就不再干涉他的家庭事务了，而将他的一切事情都交由上帝去安排（正如他自己所做的那样）。

但是，这些事丝毫也没有损害我们的友好关系；因为，我虽然因他身上所具有的软弱和危害极大的懈怠等我们年轻贵族的通病而感到悲哀，却又真心地喜欢伊万·彼得罗维奇；而且，这样一个温和、诚实的年轻人，是不可能不让人喜欢的。从他那一方面来看，伊万·彼得罗维奇也对我这个年纪的人怀有敬意，他非常信赖我。直到他逝世为止，他几乎每天都与我会面，听着我平淡的谈吐，尽管我们的习惯、思维方式和性格等大多彼此不合。

伊万·彼得罗维奇的生活非常俭朴，没有任何的奢侈；我从未见他带有醉意（这在我们那儿可被视为一个闻所未闻的奇迹）；对待女性，他十分地倾慕，但他的身上又有一种处女般的羞怯感。①

除了您信中所提及的那些小说外，伊万·彼得罗维奇还留下了大量的手稿，那些手稿一部分在我这里，一部分被他的女管家在家里派作它用了。比如，去年冬天，女管家那间厢房的所有窗户上，就糊着他的一部未完成的长篇小说的第一部。上面提及的那些小说，像是他最初的试笔。据伊万·彼得罗维奇所讲，这些故事大

----

① 接下来原有一段趣闻，我们认为它属多余，故没有刊载；不过，我们要请读者相信，那段趣闻不具任何有损于伊万·彼得罗维奇·别尔金之名声的性质。——普希金原注

多是真实的，是他从不同的人那里听来的。①但是，故事中的姓名几乎都是他虚拟的，村落之名则借用了我们附近的地名，因此，我的村子也在一个地方被提到了。这一做法不是出于某种恶意，而均是由于想象的贫乏。

1828年秋天，伊万·彼得罗维奇患了感冒，忽冷忽热，后转化成了热病；我们县里的那位医生医术高明，尤其擅长鸡眼之类疑难病症的医治，但尽管这位医生做了顽强不懈的努力，伊万·彼得罗维奇还是去世了。他死在我的怀里，年仅三十，他被安葬在戈柳希诺村的教堂墓地里，紧挨着他逝去的父母。

伊万·彼得罗维奇中等身材，眼睛是灰色的，头发是淡褐色的，他鼻子直挺，面色苍白且消瘦。

这些，我尊敬的先生，关于我去世的邻居和友人的生活方式、事业、性格和外貌等，便是我所能记起的一切了。但是，如果您有意引用我的这封信，我恳请您无论如何不要提起我的名字；因为，虽然我一向对作家们非常敬重、爱戴，但仍认为去博此虚名毫无必要，且与

---

① 其实，在别尔金先生的手稿中，作者在每篇小说后均亲笔标注：此为我从某某人（官衔或职位以及姓名的缩写字母）处所得。我们现抄录于此，以飨好奇的研究者。《驿站长》是九等文官 А. Г. Н. 对他讲述的，《射击》为中校 И. Л. П. 所讲述，《棺材匠》为店伙计 Б. В. 所讲述，《暴风雪》和《村姑小姐》为少女 К. И. Т. 所讲述。——普希金原注

我的年龄也不相宜。顺致真诚的问候。

1830 年 11 月 16 日

于涅纳拉多沃村

我们有义务尊重我们作者的这位可敬友人的愿望，我们因他为我们提供的这些材料而向他表示最诚挚的谢意，并希望公众能珍视这些文字中所包含的忠诚和善意。

亚·普①

---

① 即亚历山大·普希金。

射　击

我们开了枪。

——巴拉丁斯基[1]

我发誓要按决斗的规则向他射击（在他之后还剩下我的一枪）。

——《宿营地的傍晚》[2]

一

我们驻扎在××镇。一名军官的生活是大家所熟悉的。早上是操练和驯马；中午在团长家或犹太人开的小铺里吃午饭；晚上是喝酒和打牌。在××镇没有一家经常宴请客人的府邸，也没有一位待嫁的姑娘；我们经常聚会，在聚会的地

---

[1]　引自俄国诗人巴拉丁斯基（1800—1844）的《舞会》（1828）一诗。

[2]　《宿营地的傍晚》（1822）是俄国作家别斯图舍夫–马尔林斯基（1797—1837）的一部中篇小说。

方，除军服外不见它物。

只有一个人，他虽非军人却又是我们这个圈子里的人。他将近三十五岁，因此我们都视他为长者。丰富的阅历使他在我们面前具有了许多优越之处；此外，他常常带有的忧郁、他果断的性格和尖刻的话语等，都对我们这些年轻的脑袋产生了强烈的影响。他的经历笼罩着一层神秘色彩；他像是一个俄国人，却取了一个外国名字。他曾在骠骑兵中服过役，甚至还有过好运；谁也不知道，他为何退了伍，落户在这个贫穷的小镇上。在这里，他生活得既贫困又大方：他总是徒步行路，身上老是穿一件破旧的黑色外衣，却经常宴请我们团所有的军官。是的，他的午宴只有两三个菜，是由一个退伍士兵做的，但席上的香槟酒却能流成一条河。谁都不清楚他的财力和收入，谁也不敢向他打听这方面的事。他有许多藏书，多数是军事方面的书，也有一些小说。他很乐意把那些书借给别人读，从不往回要；但是他借别人的书也从不归还。他的一项主要的操练是手枪射击。他房间的墙壁上满是弹孔，像蜂窝似的。丰富的手枪收藏，是他居住的那间寒酸的泥屋中唯一的奢侈品。他的枪法好到了令人难以置信的程度，如果他提出要一枪把某人帽子上的一只梨射下来，我们团里的每个人都敢于把脑袋摆到他的前面。我们的谈话经常涉及决斗，而西尔维奥（这就是他的名字）从不参与这样的话题。当别人问起他是否与人决斗过时，他干巴巴地回答说有过这样的事，但不愿谈细节，看上去他对这样的提问很反感。我们猜想，他的良心上一定横亘着他那可怕枪法的某个不幸的牺牲品。不过，我们从来不曾怀疑过，他的身上会有某种类似胆怯的东西。有这样一些人，仅凭他们的外貌，人们便可以消除上述那样的怀疑。可是，一件意外的事件却使我们大家吃了一惊。

　　一次，我们十来个军官在西尔维奥家吃午饭。我们像往常一样喝酒，也就是说，喝了许多的酒；饭后，我们请主人坐庄设赌。他推辞了好久，因为他几乎从不摸牌；最后他终于吩咐取牌，他将五十来枚金币撒在桌子上，便坐下来发牌。我们围在他的四周，赌局开始了。西尔维奥有一个习惯，就是在赌牌时保持绝对的沉默，他从不与人争论，也从不解释。如果下注的人算错了，他会立即补足余款或记下多出的数目。我们早已知道这一点，便不去妨碍他按自己的方式行事。但是我们中间有一位不久前才调来的军官；他在赌牌时，心不在焉地在纸牌上多折了一个角①。西尔维奥拿起粉笔，按自己的方式记清了账。那军官认为他弄错了，便开始解释。西尔维奥默默不语地继续发牌。那军官失去了耐心，拿起板擦儿，一下擦去了那他认为是不应当记在他名下的账目。西尔维奥拿起粉笔，又重新写上了。那位被酒、牌局和同事们的哄笑弄昏了头的军官，认为自己受到了很重的侮辱，疯狂之中，他从桌上抓起铜烛台，向西尔维奥扔去，西尔维奥躲了一下，

――――――――――

　　① 在纸牌上折一个角，表示下四分之一的赌注。

差一点被击中。我们慌乱了起来。西尔维奥站起身来，愤怒得脸色发白，两眼冒火，他开口说道："亲爱的先生，请您出去，您得感谢上帝，这事正好出在我家里。"

我们都不怀疑这事的结果，我们认为那位新同事将被打死。那军官在走出房间的时候说道，他准备对这次屈辱做出回答，怎样行事，随庄家先生的便。赌局又持续了几分钟；但是我们感到主人已经无心赌牌，便相继走开，回宿舍去了，一路在议论着即将出现的空缺。

第二天驯马时，我们正在询问那个可怜的中尉是否还活着，那中尉本人却出现在我们中间；我们便向他提出了同样的问题。他回答说，关于西尔维奥他尚无任何消息。这使我们感到吃惊。我们去了西尔维奥那里，见他正在对着一张钉在大门上的爱司牌一枪接一枪地射击。他像往常一样接待了我们，对昨天的事只字未提。三天之后，中尉还活着。我们惊讶地询问道：难道西尔维奥不决斗了吗？"西尔维奥没有提出决斗。"一个非常轻描淡写的解释就让他满足了，他讲和了。

这使他在年轻人的口碑中身价猛跌。年轻人最不能原谅的就是缺乏胆量，他们认为勇敢是一切人类美德的顶峰，是能使所有可能的恶习得到宽恕的手段。然而，这件事渐渐地被人淡忘了，西尔维奥又恢复了从前的影响。

只有我一个人已无法再接近他了。我生来就具有浪漫的想象力，在此之前，我比任何人都更倾心于这个人，他的生活像一个谜，我觉得他就像是一个神秘故事里的主人公。他也喜欢我：至少，只在与我一人交谈时，他才会抛开他常用的那种尖刻的语言，而带着善意和不同寻常的友好态度来谈论各种事情。但在那个不幸的夜晚之后，我便认为他的名誉有了污点，由于他自己的过错，这个污点没有被洗去。这个念头一直没有离开我，它妨碍我和他像从前那样来往；我不好意思朝他看。西尔维奥相当聪明，也很有经验，他看出了这一切，也猜出了原因。这事似乎很伤他的心；至少，我发现，他好几次想对我解释一番；但是我躲开了这样的机会，西尔维奥也就不再理我了。从此以后，我只是和同事们一道时才见他，我们从前那种坦率的交谈也中止了。

悠闲的都市居民们理解不了乡村和小城的居民们所熟悉的许多感受，比如，他们就体会不到后者对邮件送达日的那种等候。每个周二和周五，我们的团部办公室里便挤满了军官：有人在等钱，有人在等信，有人在等报纸。邮件通常被当即打开，各种新闻传播开来，于是，办公室便呈现出一幅最活跃的场面。西尔维奥的来信也寄到我们团里来，因此，他通常也会在这里。有一次，他接到一个邮件后迫不及待地拆开封印。把信浏览了一遍，他的眼睛闪出了光。军官们每个人都在忙着读自己的信件，什么也没有发觉。"先生们，"西尔维奥却对他们说道，"有些情况使我必须立即离开这里，我今天夜里就走；我希望诸位能去我那里吃最后一顿饭。我也等着您去，"他转向我，继续说道，"请一定来。"说完这话，他急匆匆地走了；我们约好在西尔维奥家碰头，然后便各自走开了。

我在约定的时间来到了西尔维奥的家，见全团的人几乎都在他这里了。他所有的东西已收拾好了，只余下那光秃秃的、弹痕累累的四壁。我们在桌边坐下；主人的情绪非常好，很快，他的喜悦就感染了众人；瓶塞子连续不断地被拔出，杯子冒着泡沫，不停地嘶嘶作响，我们衷心地祝愿即将离去的人一路平安、万事如意。我们从桌子边站起身来时，已是深夜了。在大伙纷纷取帽子的时候，西尔维奥和所有的人道着别；就在我要走出门去的那一刻，西尔维奥抓住我的手，留下了我。"我要和您谈一谈。"他轻声说道。我留了下来。

客人们走了，只剩下我们两人；我们面对面地坐着，默默地抽着烟。西尔维奥心思很重，他那强烈的喜悦已荡然无存。阴郁、苍白的脸，闪亮的眼睛，口中吐出的一股股浓烟，这一切使他就像一个真正的魔鬼。几分钟之后，西尔维奥打破了沉默。

"或许，我们往后再也不会见面了，"他对我说道，"分手之前，我想对您解释一下。您也许已经注意到了，我很少在意别人的看法；但是我爱您，我想，若是我在您的脑袋里留下了一个不公正的印象，我会感到难受的。"

他停住话头，开始抽那已经烧尽的烟斗；我垂下目光，没有说话。

"我没有向那个喝醉酒的疯子 P 某提出决斗，"他接着说道，"您觉得奇怪了。您认为，我有权利选择武器，他的小命就捏在我的手心里，而我几乎是毫无危险的，这样一来，我本可以把我的克制说成是宽宏大量，但是我不想说谎。如果我不冒任何生命危险就能惩罚 P 某人，我无论如何是不会饶过他的。"

我吃惊地看着西尔维奥。这样的坦白反而使我非常地不好意思起来。西尔维奥接着说：

"事情是这样的：我无权让自己死去。六年前，我挨过一个耳光，可我的敌人还活着。"

我强烈的好奇心被唤起了。

"您没和他决斗？"我问，"大概，是环境把你们分开了？"

"我和他决斗了一场，"西尔维奥回答说，"这就是我们那场决斗的纪念。"

西尔维奥站起身来，从纸盒里取出一顶镶有金色流苏和饰带的红帽子（就是法国人称之为 bonnet de police① 的那种东西）；他戴上帽子；在帽筒上高出脑门约一寸的地方，有一个枪眼。

"您知道，"西尔维奥接着说，"我在 ×× 骑兵团服过役。我的性格您也清楚：我总想胜人一筹，这自小就是我的爱

_____

① 法文："警察的帽子"。

好。在我们那个时候，打架闹事很时髦，我则是军中头一号的捣蛋鬼。我们吹牛喝酒，我曾经喝败过那位被丹尼斯·达维多夫歌颂过的大名鼎鼎的布尔佐夫①。决斗在我们团里是经常发生的事，每次决斗我都在场，有时做证人，有时是主角。同事们崇拜我，经常调换的团部军官则将我视为摆脱不掉的祸根。

"我正在安静地（或者说是不安分地）享受着我的荣光，这时，一位有钱的年轻人调来了我们这里，他出身名门（我不想说出他的名字）。我平生从未见过这样优越的幸运儿！您想象一下，年轻，聪明，漂亮，最疯狂的开心，最潇洒的勇敢，名气很响的姓氏，还有他从不点数、总也花不完的金钱，您想想，他该会在我们中间引起多大的反响啊。我的优越地位动摇了。受到我的名声的诱惑，他也试图与我交友；但我对他很冷淡，而他也就毫无遗憾地疏远了我。我恨他。他在团里和女人圈中的成功，把我逼到了完全绝望的境地。我开始找碴儿和他争吵；对我挖苦他的那些话，他也用挖苦话来回敬。我总是觉得，他的挖苦话比我的要更出奇、更尖刻些，而且还要有趣得多，这很自然，因为他是在开玩笑，而我是在发泄仇恨。最后，有一次，在一位波兰地主家的舞

---

① 亚历山大·布尔佐夫（1783—1813）是一位骠骑兵军官，他的朋友、诗人丹尼斯·达维多夫（1784—1839）曾在《致布尔佐夫》（1804）等诗中写到他的狂饮。

会上，眼见他成了所有女人注意的对象，尤其是看到原先与我有过私情的那个女主人也对他眉目传情时，我便贴近他的耳朵对他说了一句平淡无奇的粗话。他发了火，给了我一个耳光。我俩都奔去抽刀；女人们昏了过去；众人把我们分开了。当夜，我们就去决斗。

"这已是黎明时分。我和我的三个决斗证人站在约定的地点。怀着难以名状的焦急之情，我在等着我的敌手。春天的太阳升了起来，已经有些暖意了。我见他从远处走来。他徒步走着，军服搭在佩刀上，一名证人陪同着他。我们迎面朝他走去。他走近了，手里托着一个装满了樱桃的帽子。证人们为我们量出了十二步的距离。我本该先开枪，我的愤怒太强烈了，以至于我不能相信我的手的准确性。为了使自己有时间冷静下来，我让他先开枪；我的对手却不同意。于是决定抓阄儿：他这个永远走运的人又抽到了头签。他瞄了瞄准，一枪打穿了我的帽子。轮到我了。他的性命终于落到了我的手里；我死死地盯着他，努力想看到哪怕是一丝一毫的慌乱……他站在枪口下，从帽子里挑出成熟的樱桃，吃了后吐出樱桃核，那些果核一直飞到我的脚边。他的无动于衷激怒了我。我在想：既然他一点也不珍惜自己的生命，那么夺去他的生命对于我又有什么好处呢？我的头脑里闪过一个恶毒的念头。我放下了手枪。'您此刻似乎还顾不上去死，'我对他说道，'您在吃早饭；我不想打扰您。''您根本没有打扰我，'他反驳道，'您请开枪吧，不过，也随您的便，您可以保留这一枪，我随时听从您的吩咐。'我转身对证人们宣布道，我现在不想开枪，决斗就这样结束了。

"我退了伍，躲到这个小镇里来了。从那时起，我没有一天不想着复仇。现在，我的时候到了……"

西尔维奥从衣袋里掏出早晨收到的那封信，递给我读。有个人（仿佛是他的委托人）从莫斯科写信告诉他，某要人很快将与一位年轻、美貌的姑娘成婚。

"您猜得出，"西尔维奥说，"这个某要人是谁。我现在就去莫斯科。我们来看一看，在结婚之前面对死亡，他是否还能像当初吃着樱桃等待死亡的时候那样无动于衷。"

在说着这话的时候，西尔维奥站了起来，把帽子扔在地板上，在房间里来回走动着，就像一头笼中的老虎。我静静地听着他的话；一些奇异的、矛盾的感觉在使我激动。

仆人进来报告说，马已经套好了。西尔维奥紧紧地握了一下我的手；我们互相亲吻了一下。他坐上马车，车上放着两个箱子：一只装着手枪，一只装的是各种杂物。我们又道了一次别，马儿便奔跑了起来。

二

几年之后，家境迫使我迁居到了 H 县一个贫穷的小村。在忙于家庭事务的同时，我一直在静静地怀念我从前那种轰轰烈烈、无忧无虑的生活。我感到最困难的，就是要习惯于在完全的独处中熬过秋天和冬天的夜晚。午饭之前的时间我尚可打发，和村长聊聊天，四处走走，看看新的设施；但是，天色很快就暗了下来，这时，我就全然不知该如何是好了。我在柜子底下和仓库里找到的为数不多的几本书，已经被我背得滚瓜烂熟。女管家基里洛夫娜所记得的所有故事，都已经说给我听了；村妇们的歌声加重了我的忧伤。我开始喝不加糖的果酒，但喝了之后脑袋又痛；是的，我得承认，我害怕变成酒鬼，这样的酒鬼我在我们县里见到过许多。我没有什么近邻，除了两三个酒鬼，而他们的谈话又主要是由打嗝和喘息构成的。独处还要好受些。

离我四里地远的地方，有一处属于 B 伯爵夫人的富裕的庄园；但那庄园里只住着管家，伯爵夫人只在她出嫁的第一年在这个庄园住过一次，时间也不超过一个月。然而，在我隐居生活的第二个春天，传来一个消息，说伯爵夫人将和她的丈夫一起来她的村子里度夏。果然，他们在六月初到了这里。

一位富有的邻居的到来，对于乡村的居民们来说就是一个重要的时期。在他到来之前的两个月和离去之后的三年间，地主以及他们的家奴谈论的都将是这件事。至于我，坦白地说，一位年轻、美貌的女邻居将要到来的消息也对我产生了强烈的作用；我迫不及待地想见到她，因此，在她到达后的第一个星期天，我便在午饭后去了××村，我要对伯爵夫妇自我介绍说，我是他们最邻近的邻居和最恭顺的仆人。

一位仆人把我领进伯爵的书房，然后去通报我的来访。这间宽敞的书房装饰得极尽奢华；墙边放着一排书柜，每个书柜上都摆有一尊铜像；大理石壁炉的上方挂着宽大的镜子；地板上蒙一层绿毡，还铺着地毯。我已隔绝了奢华，躲在自己贫寒的角落里，很久没有目睹别人的富足了，我因此畏缩起来，有些忐忑不安地等着伯爵，就像一个来自外省的求见者在等待部长的出现那样。房门打开了，走进来一个三十二岁上下、仪表堂堂的男人。伯爵面色坦然、友好地走近我身边；我努力地振作了一下，想自报一下家门，但他却抢先做了自我介绍。我们坐了下来。伯爵的谈吐随意而又亲切，很快就打消了我傻傻的羞怯；我已经开始恢复常态了，就在这时，伯爵夫人突然走进屋来，于是，一种比先前更强烈的羞怯又控制了我。果然，她是一个美人。伯爵把我介绍给了她；我想表现得洒脱些，可是，我越想显得随意些，就越觉得自己很不得体。为了给我一点调整自己、适应新相识的时间，他俩便相互交谈起来，把我当成一个忠厚的邻居，不拘礼节了。这时，我便在房间里来回走动，看着书籍和绘画。对于绘画我是外行，但有一幅画引起了我的注意。画上画的是瑞士的风景；但触动我的不是画上的风景，而是画上两个重叠在一起的枪眼。

"真是好枪法啊。"我转身对伯爵说道。

"是啊，"他回答道，"极好的枪法。您的枪打得准吗？"

他又问道。

"还不错。"我答道，心里感到高兴，因为交谈终于转向我觉着亲近的话题了，"三十步的距离打一张纸牌，我是不会打偏的，当然，要用使惯的手枪。"

"真的？"伯爵夫人说道，她一副好奇的表情，"你呢，我的朋友，隔三十步远能打中纸牌吗？"

"找个时间，"伯爵回答，"我们来试一试吧。从前我的枪打得很准；但是我已经有四年没摸枪了。"

"噢，"我发表意见道，"在这种情况下，我敢打赌，伯爵大人在二十步的距离上也打不中一张纸牌；手枪需要每天都练。这一点我很明白，有过经验。在我们团里，我也被认为是一名出色的射手。一次，我整整一个月没摸枪，因为我的手枪送去修理了；您觉得后来会怎样，伯爵大人？拿回枪来头一次射击时，隔二十五步远打一只瓶子，我一连四枪都没打中。我们那儿有一个骑兵大尉，是个爱插科打诨的人；他正好也在场，就对我说道：老弟，看来你的手是举不到瓶子那样高了。不，伯爵大人，不能放松这样的练习，否则马上就会手生的。我遇见过一个好枪手，他就每天练枪，每天上午至少练三次。像喝几杯烧酒一样，这也成了他必做的事。"

伯爵和伯爵夫人见我侃侃而谈了，感到很高兴。

"他是怎样练枪的呢？"伯爵问我。

"是这样练的，伯爵大人：有时，他要是看见一只苍蝇趴在墙上……您在发笑，伯爵夫人？上帝作证，这是真的。有时，他看见苍蝇，就会喊道：'库茨卡，拿枪来！'库茨卡就给他拿来了上好子弹的手枪。他乒的一声，就把苍蝇打进墙壁里去了！"

"这太奇妙了！"伯爵说道，"他叫什么名字？"

"叫西尔维奥，伯爵大人。"

"西尔维奥！"伯爵喊了出来，从座位上一跃而起，"您认识西尔维奥？"

"怎能不认识呢，伯爵大人，我们是朋友，在我们团里，他被大伙当成自己的兄弟和战友；但是已经五年了，我一直没听到他的任何消息。这么说，伯爵大人，您也认识他？"

"认识，太认识了。他没有对您说起过……哦，不，我不是这个意思；他没有对您说起过一件非常奇异的事情吗？"

"莫非，伯爵大人，是他在舞会上被一个浪荡公子揍的那一耳光？"

"他对您说起过这位浪荡公子的名字吗？"

"没有，伯爵大人，没说起过……啊！伯爵大人，"我猜到了实情，接着说道，"请您原谅……我不知道……难道这就是您？……"

"正是我，"伯爵情绪不佳地回答，"而这幅被打穿的画，就是我们最后一次见面的纪念……"

"啊，亲爱的，"伯爵夫人说了话，"看在上帝的分上，别说了；我害怕听。"

"不，"伯爵不同意，"我要把一切都说出来；他已经知道我怎样欺负了他的朋友，就让他也知道知道西尔维奥是怎样报复的吧。"

伯爵把椅子向我身边挪了挪，我怀着强烈的好奇心听着下面这个故事：

"五年前，我结了婚。第一个月，the honey-moon①，就是在这个村子里度过的。在这个家里，我度过了生活中最美好的时光，也留下了一段最沉重的记忆。

"一天晚上，我们一起去骑马；妻子的马不知为何犟了起来；她害怕了，把缰绳递给我，只好步行回家；我则骑马先走了。在院子里，我看到一辆马车；家人告诉我，有一个人正坐在我的书房里，他不愿通报姓名，只说他找我有事。我走进这个房间，见黑暗中站着一个满身尘土、满脸胡须的人；他就站在这儿的壁炉边。我走近他，努力地想辨认出他的相貌。'你不认识我啦，伯爵？'他用颤抖的嗓音说道。'西尔维奥！'我喊了出来，坦白地说，我觉得我的头发一下子竖了起来。'正是，'他继续说道，'你还欠我一枪；我来这儿是为了倒空我的手枪的；你准备好了吗？'一只手枪从他侧面的口袋里露了出来。我量出了二十步的距离，然后站到那边的角落里，请他在我妻子还没回来之前早些开枪。他拖延着，要求有亮光。家人拿来了蜡烛。我锁上门，吩咐不要让任何人进来，然后又请他开枪。他拔出了手枪，瞄了起来……我

---

① 英文："蜜月"。

数着秒数……我在想着她……过了可怕的一分钟！西尔维奥放下了手。'真遗憾，'他说，'手枪里装的不是樱桃核……而子弹是很沉的。我总是觉得，我们这不是在决斗，而是一场谋杀：我不习惯瞄准一个没有武器的人。我们重新来；我们来抓阄儿，看谁占先。'我的脑子旋转了起来……我好像是没有同意……最后，我们还是给另一只枪装了子弹；团起了两个纸条；他把两个纸团放在曾被我打穿的那顶帽子里；我又抽到了头签。'伯爵，你真是太走运了。'他冷笑着说，那个笑容我永远也忘不了。我到现在也不明白，我到底干了什么事，他是怎样迫使我那样干的……但是，我开了枪，一枪打中了这幅画。（伯爵用手指指了指那幅被打穿的画；他的脸庞像火一样闪着光；伯爵夫人的脸比她的围巾还要苍白，以至于我都忍不住喊了一声。）

"我开了枪，"伯爵继续说道，"谢天谢地，没打中；这时，西尔维奥……（这时，伯爵的样子的确是可怕的）西尔维奥开始向我瞄准。突然，门打开了，玛莎冲了进来，尖叫着抱住我的脖子。她的到来使我的勇气完全恢复了。'亲爱的，'我对她说，'你难道没看到我们是在闹着玩吗？你怎么吓成这个样子！快去喝杯水，然后再来这里；我要给你介绍一位老朋友、老战友。'玛莎还是不相信。她转向狂怒的西尔维奥，说：'请问，我丈夫说的是真的吗？你们俩是在开玩笑吗？''他总是在开玩笑，伯爵夫人，'西尔维奥回答她说，'有一次他开玩笑给了我一个耳光，还开玩笑打穿了这顶帽子，刚才又开玩笑不打中我；现在轮到我来开开玩笑了……'说着这话，他便想举枪瞄准我……就当着她的面！玛莎扑到了他的脚下。'站起来，玛莎，丢人！'我疯狂地叫喊道，'而您，先生，您能停止侮辱这个可怜的女人吗？您到底是开枪还是不开？''不开了，'西尔维奥回答，'我满意了：我看到了你的慌张和你的胆怯；我还让你对我开了枪，我心满意足了。你会记住我的。我把你交给你的良心了。'他说着就向外走去，但在门边又停住了脚，回头看了看被我打穿的那幅画，几乎瞄也不瞄就朝那画开了一枪，然后就走了。妻子昏了过去，躺在地上；家人不敢拦他，只是恐惧地望着他；他走到台阶上，唤来车夫，还没等我清醒过来，他就已经走远了。"

伯爵不做声了。就这样，我知道了这个故事的结局，这个故事的开头曾强烈地打动过我。故事的主人公我再也没有遇见过。据说，在亚历山大·伊普西朗蒂①起义时，西尔维奥曾指挥过一支起义部队，后在斯库里亚内附近的一次战斗②中阵亡了。

---

① 亚历山大·伊普西朗蒂（1792—1832），原为俄国将军，后为反抗土耳其其统治的希腊民族解放组织"友谊社"的领导人之一，1821年在摩尔多瓦发动了起义。

② 这次战斗发生在1821年6月17日。

暴风雪

马儿在山岗间飞奔，

践踏着深深的雪地……

看路边孤零零地

有一座神的庙宇。

……

突然间风雪四起，

雪花鹅毛般地纷降；

一只乌鸦扇动羽翅，

盘旋在雪橇的上方；

预言的呻吟喊出了忧伤！

马儿倒竖着鬃毛，

急急地奔跑，

眼睛望向黑暗的远方……

——茹科夫斯基[1]

---

[1] 引自俄国诗人茹科夫斯基（1783—1852）的长诗《斯维特兰娜》
（1813）。

在 1811 年的岁末，在那个值得我们纪念的时代里，好人加夫里拉·加夫里洛维奇·P君就住在涅纳拉多沃他自己的庄园里。在乡邻之间，他以好客和热情著称；邻居们常去他那里吃吃喝喝，或与他的妻子玩五戈比一输赢的波士顿纸牌戏，而另一些人则是为了来看他们的女儿玛丽娅·加夫里洛夫娜，这是一个身材匀称、面色白皙的十七岁少女。她被视为一个富有的未婚妻，因此，许多人都幻想着她能成为自己的妻子或儿媳。

玛丽娅·加夫里洛夫娜是在法国小说中接受的教育，其结果，她自然会坠入情网。被她选中的对象，是一个回到村子里休假的贫穷的陆军准尉。不言而喻，这位年轻人也燃起了同样的激情，而他的情人的父母在发现了他俩的隐秘之情后，便禁止女儿再想他，对他的态度也比接待一个退休的陪审员还要冷淡。

我们的这对有情人鸿书不断，且每日都要在松树林中或教堂里幽会。在那些地方，他们发着海誓山盟说要永远相爱，并抱怨命运的不幸，还设想了种种办法。通过这样的通信和密谈，他们（很自然地）得出了这样的推论：既然我俩离开对方就活不下去，既然铁石心肠的父母要给我俩的幸福设置障碍，那么，难道我们就不能设法绕开这个障碍吗？自然而然地，这个幸福的念头先到了那个小伙子的脑袋里，然后，又被玛丽娅·加夫里洛夫娜那浪漫的想象力所喜欢上了。

冬天到了，他们的幽会停止了；但是，情书却往来得更频繁了。弗拉基米尔·尼古拉耶维奇在每一封信里都请求她嫁给他，他主张他们秘密结婚，躲过一段时间之后，再跪倒在父母的脚下，做父母的最终当然会被这对恋人的坚贞和不幸而感动，他们肯定会对这对有情人说："孩子们！让我们来拥抱你们吧。"

玛丽娅·加夫里洛夫娜犹豫了很久；一个又一个的私奔计划都被推翻了。最后，她终于同意了：在约定的那一天，她必须不吃晚饭，借口头痛躲进自己的房间。她的侍女是她的同谋；她们两人应通过后门的台阶到达花园，在花园外找到预备好的雪橇，坐上去，驶到离涅纳拉多沃五里路的扎得里诺村，直接奔向教堂，弗拉基米尔就在那教堂里等着她们。

在决定性的那一天的前夜，玛丽娅·加夫里洛夫娜整夜都没睡觉；她收拾了东西，包起内衣和裙子，给她的女友——一位敏感的小姐写了一封长信，给父母也另写了一封。她用最感人的语言向他们告别，请他们原谅她因受不可抗拒的激情的左右而犯下的罪过。在信的结尾，她写道：如果她能被允许跪倒在最亲爱的父母的脚下，那一刻将被她视为她一生中最幸福的时候。她用一枚图拉产的印章封了两封信，那图章上绘着两颗燃烧的心，还有一句文绉绉的题词。封好信后已近黎明，她扑倒在床上，懵懵懂懂地睡了过去；但是，各种可怕的幻象不时把她惊醒。她时而仿佛看到，就在她正要坐上雪橇前去结婚的时候，她的父亲拦住了她，飞快地把她从雪地上拖了过去，扔进了一个黑暗的无底深渊……

她急速地飞旋着，内心难以名状地慌乱；时而，她又看到了弗拉基米尔，他脸色苍白、满身血迹地躺在草地上。濒死的他，在用含混的、揪心的声音求她赶快与他成婚……还有一些形象破碎、意义模糊的幻觉在她的眼前一个接一个地闪过。最后，她从床上爬起身来，比平时更苍白了，脑袋也真的痛了。父母看出她心神不定：你怎么啦，玛莎？你病了吗，玛莎？——父母温情的关怀和不断的询问撕扯着她的心。她竭力安慰他们，想装得高兴一些，可是她做不到。时间到了傍晚。一想到这就是她在自己家中度过的最后一天了，她的心便紧缩了起来。她几乎支撑不住；她在暗暗地和家里所有的人、所有的东西以及周围的一切道别。

晚餐摆了上来；她的心猛烈地跳了起来。她用颤抖的嗓音宣布说，她不想吃晚饭，然后便开始和父亲、母亲告别。他们吻了她，又像往常一样祝福了她，这使得她差一点哭了出来。回到自己的房间后，她缩在椅子里，泪流不止。侍女劝她镇静一下，打起精神来。一切都准备好了。再过半小时，玛莎就将永远地离开父母的家、自己的闺房和那静静的少女生活了……屋外有暴风雪；风在吼叫，护窗板在抖动着，砰砰直响；她觉得，这一切都是一种威胁，一种悲哀的先兆。很快，家里安静下来，家人都睡下了。玛莎围上披肩，穿上暖和的外衣，提着自己的小匣子，走到后门的台阶上。侍女拿着两个包袱，跟在她的身后。她们来到花园里。暴风雪没有停息；风迎面吹来，似乎想竭力拦住这个年轻的女罪犯。

她们费力地走到花园的尽头。雪橇已经在大路上等她们了。马儿冷得受不了，不肯待在原处不动；弗拉基米尔的车夫在车辕前忙活着，想制住烈马。他扶小姐和她的侍女坐定了，放好包袱和小匣子，然后抓起缰绳，马儿就飞驰起来。且把小姐托付给命运、托付给车夫杰廖什卡的技术吧，我们回过头来看看我们这位年轻的情郎。

弗拉基米尔一整天都在乘着马车四处奔走。早晨，他到了扎得里诺村的神父处；他费了很大的劲才和神父谈妥；然后他又到邻近的地主们中间寻找证婚人。他去找的第一个人是四十岁的退伍骑兵少尉德拉文，德拉文欣然应允。他说，这样的冒险使他回忆起了从前的时光和那些骠骑兵的恶作剧。他劝弗拉基米尔在他那里吃午饭，并要弗拉基米尔相信，再找两个证婚人是小事一桩。果然，午饭后，立即来了两个人，一个是蓄着胡须、脚蹬马靴的土地丈量员施米特，一个是警察局长的儿子，这是个十六岁左右的小伙子，刚刚加入枪骑兵部队。他们不仅接受了弗拉基米尔的请求，甚至还对他发誓道，他们愿意为他献出自己的生命。弗拉基米尔高兴地拥抱了他们，然后就回家做准备去了。

天黑已经好久了。他对自己信赖的杰廖什卡详详细细地嘱咐了一番，然后派他驾着自己的三套马车去了涅纳拉多沃村，他又让人给他备好一个单驾小雪橇，他没要车夫，独自一人赶着雪橇奔扎得里诺村去了，大约两小时后，玛丽娅·加夫里洛夫娜也应该抵达那里。那条道他很熟悉，也就只有二十来分钟的路。

但是，弗拉基米尔刚走到村外的野地里，风就刮了起来，狂暴的风雪遮天蔽日，使他什么也看不清。只一会儿的工夫，道路就被掩埋了；大团大团的雪花铺天盖地，四周的一切都消失在一片昏黄之中；苍天和白原融合为一体。弗拉基米尔陷到了田地中，他试图回到大路上，但是枉然；那匹马瞎撞一气，时而爬上雪堆，时而又掉进雪坑；雪橇不时翻倒。弗拉基米尔只求别迷失了大方向。但是他又感觉到，大约已经过了半个多小时了，而他还没到扎得里诺村前的那片树林。又走了十来分钟；还是不见树林。弗拉基米尔索性在布满一道道深沟的田野上行驶起来。暴风雪没有停息，天空也不见晴朗。马儿疲惫了，尽管它不时陷进齐腰深的积雪里，它的身上仍然滚动着大颗大颗的汗珠。

终于，他发现是走错了方向。弗拉基米尔停下了：他思索着，回忆着，判断着——最后确定，他应该向右转。他赶着马朝右走去。马儿勉勉强强地迈着步。他在路上已经行了一个多小时了。扎得里诺村应该是不远了。但是他走啊、走啊，茫茫的田野还是不见尽头。到处都是雪堆和深沟；雪橇时时翻倒，他得时时把雪橇扶正。时间在流失；弗拉基米尔非常地惊慌了。

终于，路边出现了一片黑乎乎的东西。弗拉基米尔调头往那边驶去。离近一看，他见到了树林。谢天谢地，他想，现在总算是不远了。他在树林边走着，指望着立即走上那条熟路，或者绕过树林：扎得里诺村就在那树林的后面。他很快就找着了路，在冬季里落了叶的，但仍然显得稠密的树木间穿行。狂风无法在这里肆虐；道路也很平坦；马儿来了精神，弗拉基米尔也安下了心。

可是他走啊，走啊，还是不见扎得里诺村；树林没有尽头。弗拉基米尔惊恐地发现，他驶进了一片陌生的森林。绝望的情绪笼罩了他。他抽打着马儿；那可怜的畜生快步跑着，但很快就慢了下来，一刻钟后便一步一步地走了，任凭不幸的弗拉基米尔如何使劲，也快不起来了。

渐渐地，树木稀疏了，弗拉基米尔走出了森林；没有看到扎得里诺村。时间该是夜半了。泪水从他的眼睛里涌了出来；他漫无目标地走着。风雪停息了，乌云散去了，他的面前呈现出一片覆盖着波浪般积雪的平原。夜色相当明净。他看到不远处有一个由四五个院落组成的小村。弗拉基米尔向小村驶去。在第一家木屋前，他跳出雪橇，走近窗户，敲响了窗板。几分钟后，木质的护窗板撑开了，一个老人探出胡须花白的脸庞。"什么事？""扎得里诺村还远吗？""是问扎得里诺村还远不远？""是的，是的！还远吗？""不远；十来里路。"听了这话，弗拉基米尔一把抓住自己的头发，僵住了，就像一个被判了死刑的人。

"你从哪儿来？"老人又问道。弗拉基米尔没有心思回答问题。"老头儿，"他说道，"你能不能弄几匹马拉我去扎得里诺？""哪里有什么马啊。"农夫回答。"那能给我找个向导吗？不管他要多少钱，我都照付。"等一下，"老人说道，放下了护窗板，"我让儿子去；让他给你领路。"弗拉基米尔开始等待。还不到一分钟，他又敲起窗子来。"什么事？""你儿子呢？""马上就出来，他正在穿衣服。你冻僵了吧？进来暖和暖和。""谢谢，叫你儿子快点出来。"

门吱呀了一声，一个小伙子手拿一根棍子走出门来，他走在弗拉基米尔的前头，时而指指点点，时而探着被雪堆覆盖的道路。"几点了？"弗拉基米尔问那小伙子。"天快亮了。"年轻的农夫答道。弗拉基米尔连一句话也说不出来了。

等他们到达扎得里诺村的时候，公鸡已经叫了，天也亮了。教堂的门锁着。弗拉基米尔给向导付了钱，然后向神父的院子驶去。院子里并没有他那辆三套车。等待他的是怎样的消息啊！

不过，我们还是回到涅纳拉多沃村善良的地主们这儿来吧，来看看他们家里出了什么事。

什么事也没出。

两位老人起了床，走进客厅。加夫里拉·加夫里洛维奇头戴睡帽，身穿绒衣，普拉斯科维娅·彼得罗夫娜披着棉睡衣。茶炊摆了上来，加夫里拉·加夫里洛维奇便打发一个侍女去探问一下，玛丽娅·加夫里洛夫娜的身体怎样了，她昨夜睡得怎样。侍女回来说，小姐昨夜睡得不怎么好，但她现在好些了，她马上就来客厅。果然，门开了，玛丽娅·加夫里洛夫娜走来向爸爸、妈妈问早安。

"你的头还痛吗?"加夫里拉·加夫里洛维奇问。"好些了,爸爸。"玛莎回答。"玛莎,你昨天大概是煤气中毒了。"普拉斯科维娅·彼得罗夫娜说。"也许是的,妈妈。"玛莎回答。

白天平安地过去了,可是在夜里,玛莎病倒了。父母派人去城里请医生。医生傍晚才到,他来时,病人已在说胡话了。她得了严重的热病,一连两个星期,可怜的病姑娘一直挣扎在死亡线上。

家里谁也不知道那次预谋的私奔。小姐在离家的前夜写的两封信被烧掉了;她的侍女怕老爷动怒,对谁也没敢吐露过一个字。神父、退伍的骑兵少尉、留胡须的土地丈量员和年少的枪骑兵也都很谨慎,当然也不是没有原因的。车夫杰廖什卡从未说过一句多余的话,即使是在喝得大醉的时候。就这样,半打多的阴谋者共同保守了秘密。但是,玛丽娅·加夫里洛夫娜自己则在不断的呓语中道出了这个秘密。然而,她的话语毫不连贯,就连步步不离她床前的母亲,也只能从这些话中听出,她的女儿要死要活地爱上了弗拉基米尔·尼古拉耶维奇,而且,这爱情恐怕就是她得病的原因。她与自己的丈夫、与几位邻居谈了这事,最后,大家一致认定:看来,这就是玛丽娅·加夫里洛夫娜的命,命定的事是躲不开的,贫穷不是罪过,过日子是和人一块过,而不是和财富一块过,等等。每当我们想不出什么替自己辩护的道理时,道德化的格言就显得非常有效了。

与此同时,小姐也开始康复了。在加夫里拉·加夫里洛维奇的家里，很久不见弗拉基米尔的身影了。他害怕那种照例会有的冷遇。加夫里拉·加夫里洛维奇等派人去找他，向他通报了一个喜讯：同意这桩婚事。但是，当涅纳拉多沃的这家地主接到弗拉基米尔对他们的邀请所做出的半疯半傻的回复时，他们是多么地吃惊啊！他向他们宣布，他的腿再也不会迈进他们的家门，他请他们忘记他这个不幸的人，对于他来说，死亡就是他唯一的希望。几天之后，他们得知，弗拉基米尔参军去了。这是1812年的事。

他们很长时间也没敢把这件事告诉康复中的玛莎。他们从不提起弗拉基米尔。几个月之后，在鲍罗金诺战役立功者和重伤员名单中，她看到了他的名字后，便昏了过去，家人担心，她的热病又会发作。不过，谢天谢地，这次昏厥没有造成什么后果。

另一个哀伤降临到了她的头上：加夫里拉·加夫里洛维奇去世了，死前立遗嘱让她继承了所有的财产。但是，遗产不能给她以安慰；她真诚地分担着可怜的普拉斯科维娅·彼得罗夫娜的忧伤，发誓永远也不和她分离；她们俩离开了涅纳拉多沃这个充满伤心记忆的地方，迁居到了××庄园。

未婚的男人们又围着这个可爱、富有的未婚姑娘打起转来；可是她不给任何人以一点极小的希望。母亲有时劝她给自己挑一个男朋友；玛丽娅·加夫里洛夫娜总是摇摇头，深思不语。弗拉基米尔已经不在了：他死在莫斯科，死在法国人发动攻击的前夕。他成了玛莎神圣的记忆；至少，她一直珍藏着有助于回忆起他的所有东西：他曾经读过的书，他画的画，他抄的乐谱，以及他为她写的诗。邻居们得知这一切后，都为她的坚贞而惊奇，并且也在好奇地等待着一位英雄，希望他能最终战胜这个处女般的阿尔特米西娅①的含着悲伤的忠贞。

与此同时，战争光荣地结束了。我们的队伍从国外返回。人民前去欢迎他们。乐队奏着战败者的歌曲，如 *Vive Henri-Quatre*②，蒂罗尔③的华尔兹舞曲以及《乔孔德》④中的咏叹调等。那些出征时几乎还是少年的军官们，已在战争的空气中成长了起来，挂满了十字勋章回到家乡。士兵们兴高采烈地交谈着，话语间时而掺进几个德语词和法语词。那个难忘的时刻！那个光荣和喜庆的时刻！每当听到祖国这个字眼，一颗俄国人的心脏会跳动得多么激烈啊！相见的泪水是多么地甜蜜！把民族自豪和爱戴君主的感情结合为一体，我们是多么地万众一心啊！对于君主而言，那又是怎样的时辰啊！

女人们，俄罗斯的女人们，在当时真是无与伦比的。她们常有的冷漠消失了。她们的喜悦真是太醉人了，当她们高

---

① 哈利卡纳苏斯国王的遗孀，以忠诚妻子的榜样著称于世，其夫死后，她哀痛不止。她于公元前4世纪为其夫建造的宏伟陵寝哈利卡纳苏斯陵（现在土耳其境内），如今已成为世界七大奇观之一。

② 法文：《万岁，亨利四世》。此为法国剧作家夏尔·科莱（1709—1783）的喜剧《亨利四世出猎》（1774）中的一段插曲。

③ 蒂罗尔为地名，位于奥地利的西部。

④ 《乔孔德，又名奇遇的探寻家》（1814）是法国籍作曲家尼科洛（1773—1818）的一出歌剧，在俄军攻进法国时，该歌剧正风靡巴黎。

喊着"乌拉!"欢迎胜利者的时候，

连女帽也被抛到了空中。①

在当时的俄国军官中，有谁会意识不到，俄国的妇女就是给予他们的最好、最珍贵的奖赏呢？……

在这美好的日子里，玛丽娅·加夫里洛夫娜和母亲一同住在××省，她们没有目睹两个都城②是怎样欢庆部队回国的。但是，在县上和村里，大家共同的喜悦也许还要更强烈一些。在那些地方，一个军官的出现，对于这位军官来说就是一次真正的凯旋，身穿燕尾服的情郎是很难与他相媲美的。

我们已经说过，尽管玛丽娅·加夫里洛夫娜态度冷漠，但是和从前一样，她周围还是围着许多追求者。但是，当负过伤的骠骑兵少校布尔明出现在她的阁楼中之后，所有的人就都该退出了。布尔明胸前挂着乔治十字勋章，脸上带着如当地的小姐们所言的有趣的苍白。他的年纪在二十六岁左右。他是来他的庄园休假的，他的庄园与玛丽娅·加夫里洛夫娜的村子毗邻。玛丽娅·加夫里洛夫娜对他是另眼相看的。他在场时，她平素那副深思状便换成了一种较为活跃的模样。

---

① 这是俄国剧作家格利鲍耶陀夫（1795—1829）的《聪明误》（1824）中的一行诗句。

② 指彼得堡和莫斯科。

绝不能说，她这是在对他卖弄风情；但是，一个诗人若见到她的举止，便会说道：

Se amor nonè che dunque?[①]

布尔明也确实是一个可爱的年轻人。他恰好具有女人所喜欢的那种智慧，即懂礼貌、善观察的智慧，他没有任何贪图，还带有一种漫不经心的嘲讽。他与玛丽娅·加夫里洛夫娜的相处既朴实又随意；但是，无论她说什么、做什么，他的灵魂和目光总要追随着她。他看上去性格安静、谦逊，但是有流言说，他曾是一位可怕的浪荡公子，可这流言并没有影响到玛丽娅·加夫里洛夫娜对他的看法，她（以及当时所有的年轻女人）能心满意足地原谅那些体现着勇敢、激烈性格的胡闹。

但是，胜过一切……（胜过他的温情，胜过愉快的谈吐，胜过有趣的苍白，胜过包扎起来的那只手）而最能勾起她的好奇心和想象力的，则是年轻的骠骑兵的沉默。她不可能意识不到，他非常喜欢她；也许，他以他的聪明和经验也能发现，她对他是另眼相看的。那么，她为何至今还没有见他跪倒在自己的脚下，还没有听到他的表白呢？是什么在阻碍着他？是那种总是与真正的爱情相伴的胆怯，是高傲，还是一

---

① 意大利文："此若非爱情，那又是什么？"这是意大利诗人彼特拉克（1304—1374）第88首十四行诗中的一句。

位狡猾的情场老手的卖弄？这对于她来说是一个谜。细细地想了一通之后，她认定，胆怯是唯一的原因，于是，她便以更多的关注来鼓动他，如果环境允许，她便以更多的温情来激励他。她准备去面对一个最不同寻常的结局，在焦急地期待着那浪漫表白的时刻。一桩秘密，无论是何种类型的，它对于女人的心灵来说永远是沉重的。她的军事行动取得了预料的成功：至少，布尔明时时陷入沉思，他的黑眼睛在望着玛丽娅·加夫里洛夫娜的时候充满热情的火焰，这表明，决定性的时刻已经临近了。邻居们已经在谈论婚事了，就像在谈论一件已经了结的事；而善良的普拉斯科维娅·彼得罗夫娜则满心欢喜，因为女儿终于找到了一位相称的未婚夫。

一天，老夫人正一人坐在客厅里摆牌算命，布尔明走进屋来，他急急地问起玛丽娅·加夫里洛夫娜。"她在花园里，"老夫人回答，"您去找她吧，我在这里等你们。"布尔明去了，老夫人画了一个十字，想道：也许这事今天就会了结了！

布尔明在池塘边找到了玛丽娅·加夫里洛夫娜，她坐在一株柳树下，手里拿着一本书，身着白色连衣裙，真像是一部长篇小说中的女主人公。最初的几句提问之后，玛丽娅·加夫里洛夫娜故意停止了谈话，想以此来加重他们两人的窘态，而只有某种突如其来的、毅然决然的解释方能摆脱这种窘态。结果正是这样的：布尔明感觉到自己处境的尴尬，便解释道，很久以来，他一直在寻找一个机会向她敞开心扉，现在就请她给予几分钟的关注。玛丽娅·加夫里洛夫娜合上书本，垂下了头，表示同意。

"我爱您，"布尔明说道，"我非常地爱您……"（玛丽娅·加夫里洛夫娜红了脸，头垂得更低了。）"我行为不谨慎，沉湎于一个可爱的习惯，这个习惯就是每天和您见面，每天听您的声音……"（玛丽娅·加夫里洛夫娜想到了 St.-Preux[①]的第一封信。）"如今，我就是想反抗自己的命运，也已经太迟了；对您的思念以及您可爱的、无与伦比的形象从此将成为我生命的痛苦和欢乐；但是，我还必须履行一个深重的义务，那就是向您坦白一个可怕的秘密，在我们之间设置一个难以逾越的障碍……""障碍总是存在的，"玛丽娅·加夫里洛夫娜急忙打断了他，"我永远也不能做您的妻子……""这我知道，"他轻声地回答她，"我知道，您曾经爱过，但是死亡和三年的哀怨……善良的、可爱的玛丽娅·加夫里洛夫娜啊！请您别再试图剥夺我最后的慰藉了：我想，您也许会同意给我以幸福，如果没有……请您别说话，看在上帝的分上，请您别说话。您在折磨我。是的，我知道，我能感觉到，您有可能成为我的妻子，但是——我是一个最最不幸的人啊……我结过婚！"

玛丽娅·加夫里洛夫娜吃惊地看了他一眼。

"我结过婚，"布尔明继续说道，"我四年前结的婚，可

---

① 法文人名："圣·普乐"。法国思想家、哲学家卢梭（1712—1778）的书信体小说《新爱洛绮丝》（1761）中的男主人公。

是，我的妻子是谁，她现在在哪儿，我何时能与她相见，我到现在也不知道！"

"您说的什么啊？"玛丽娅·加夫里洛夫娜喊了起来，"这太奇怪了！您说下去；然后我再说说……行行好，您就说下去吧。"

"那是在1812年的年初，"布尔明说道，"我正急忙赶往维里那①，我们团当时驻扎在那里。一天晚上，我来到一个驿站，正当我吩咐赶快套马的时候，一场可怕的暴风雪来临，驿站长和车夫们都劝我等一等。我听了他们的话，可是，又有一种莫名的不安笼罩着我；仿佛，有人在推我。此时，风雪并未减弱；我等不及了，便再次吩咐套马，然后便一头驶进暴风雪中。车夫想沿着河边走，这样我们就能少走三里路。河堤也被积雪覆盖着；车夫错过了转上大道的路口，于是我们便落进了一块陌生的地方。风雪仍在呼啸；我见到一处灯火，就让车夫驶向那里。我们来到一个村庄；一座用木头盖成的教堂中有灯光。教堂的门开着，栅栏旁停着几辆雪橇；台阶上有人在走动。'这边来，这边来！'有几个声音在喊。我让车夫把车赶近些。'哎呀，你在哪儿耽误了？'一个人向我说道，'新娘昏过去了；神父也不知道该如何是好；我们都准备好了。快点出来吧。'我没有说话，跳下雪橇，走进了只点着两三根蜡烛的昏暗的教堂。一个姑娘坐在教堂黑暗角落

---

① 立陶宛首都维尔纽斯的旧称。

中的长凳上；另一个姑娘在给她揉太阳穴。'谢天谢地，'那后一个姑娘说道，'您到底来了。您差点送了小姐的命。'年老的神父走到我身边问：'可以开始了吗？''开始吧，开始吧，神父。'我漫不经心地回答。人们搀起那姑娘。我见那姑娘长得不错……一种莫名的、不可饶恕的轻浮……我走到诵经台前，和她并肩站着；神父匆忙行事；三个男人和那个侍女搀着新娘，只顾照看她了。人们给我们行了结婚礼。'你们接吻吧。'边上的人对我们说。我的妻子向我转过了她苍白的脸。我正想吻她……她却喊叫了出来：'哎呀，不是他！不是他！'随后她便失去了知觉。几位证婚人瞪着惊恐的眼睛看着我。我转身走出教堂，没有受到阻拦，我冲进车厢，大叫了一声：'快走！'"

"我的天！"玛丽娅·加夫里洛夫娜喊了起来，"您知不知道，您那可怜的妻子后来怎么样了？"

"不知道，"布尔明回答，"我不知道我在那里结了婚的村子叫什么名字；我也记不清我是从哪个驿站出发的了。当时，我对自己搞的恶作剧并不怎么在意，在雪橇离开教堂后，我就睡着了，醒来时已经是第二天早上，已经到了第三个驿站。我当时的那个仆人也死在了行军中，因此，我是没有希望找到那位姑娘了，我恶毒地和她开了一个玩笑，如今，她则在恶毒地报复我。"

"我的天，我的天啊！"玛丽娅·加夫里洛夫娜说着，抓住了他的手，"那就是您哪！您认不出我来了吗？"

布尔明脸色苍白……跪倒在她的脚下……

棺材匠

在这日益衰老的宇宙里，

不是每天都要目睹棺木吗？

——杰尔查文 [①]

棺材匠阿德里安·普罗霍洛夫的最后一些家什被堆放在了出殡用的马车上，两匹瘦马从巴斯曼街到尼基塔街之间已来回拉了四趟东西，因为棺材匠把全家都迁到了尼基塔门。他锁上铺子，又把一块上面写着"此屋出售，出租"的招牌钉在大门上，然后，便步行向新居走去。在走近那幢他倾心已久、后来终于以一笔可观的价钱得手的黄色房屋时，老棺材匠惊奇地感觉到，他的心情并不高兴。迈过陌生的门槛，见自己的新家一片混乱，便叹息着怀念起那间破旧的故居来，在那间屋里，十八年间一直保持着极严整的秩序；他开口骂起自己的两个女儿和一个女仆，嫌她们手脚太慢，他自己也动手帮着她们收拾。很快，一切又井井有条了。放圣像的神

---

① 引自俄国诗人杰尔查文（1743—1816）的《瀑布》（1794）一诗。

龛、碗橱、桌子、沙发和床铺在后屋里各自占据了它们固定的角落；厨房和客厅里则摆着主人的作品——各种颜色、各种尺寸的棺材，还有一排柜子，里面装着各种出殡时穿的帽子、衣服以及一些火把。大门上方挂了一块招牌，上绘一又高又胖、手里倒提着火把的阿穆尔[①]像，招牌上有一行字："此处出售并打磨各种普通棺木和上漆棺木，亦出租棺木并修理旧棺木。"姑娘们回自己的房间去了，阿德里安在窗户边坐了下来，吩咐烧茶。

有修养的读者都知道，莎士比亚和瓦尔特·司各特两人都将掘墓人写成了欢乐、诙谐的人，[②]为的是用这种矛盾的组合来更强烈地刺激我们的想象。为了尊重事实，我们不能遵循两位作家的榜样，我们不得不承认，我们这位棺材匠的性格与他所从事的阴郁的手艺是完全吻合的。阿德里安·普罗霍洛夫通常是愁眉苦脸、沉思不语的。只是在骂女儿不该不干活而死盯着窗外的行人看的时候，或是为了抬高自己产品的价格而与那些不幸的（有时也是心满意足的）顾客们讨价还价的时候，他才会打破沉默。此刻，阿德里安坐在窗边，正喝着第七杯茶，照例又陷入了忧伤的沉思。他想到了一个星期前的一场大雨，为一位退伍的旅长送葬的队伍刚走到城

---

① 即爱神丘比特。

② 此处所指的约是英国剧作家、诗人莎士比亚（1564—1616）的《哈姆雷特》（1600—1601）和英国小说家司各特（1771—1832）的《拉美莫尔的新娘》（1819）中的两个掘墓人形象。

外，便赶上那场大雨，结果，许多出殡穿的礼服都缩了水，许多帽子也变了形。他盘算到，肯定又要花出一笔开销了，因为，他先前储备的送葬服装已经不像样子了。他指望能在年老的女富商特柳希娜身上挽回这个损失，这位女富商已在死亡线上挣扎了近一年。但是，特柳希娜将死在拉兹古里亚伊街，因此，普罗霍洛夫担心，她的继承人们尽管答应过他，但到时候也可能懒得派人跑那么老远来找他，而会就近找一个丧事承包人。

这样的沉思突然被三下共济会①式的敲门声打断了。"谁呀？"棺材匠问。门被推开，走进来一个人，只一眼就能看出，他是个德籍手艺人，他步入房间，兴高采烈地走到了棺材匠的身边。"对不起，亲爱的邻居，"他说道，他说的那种俄国话我们至今听起来仍不能不发笑，"对不起，我打扰了您……我想尽快与您认识。我是一个鞋匠，我的名字叫戈特利布·舒尔茨，我住在您的街对面，就是您的窗口对着的那间屋。明天我要庆祝我的银婚，我请您和您的女儿去我家吃午饭，我们像朋友一样聚一聚。"邀请被愉快地接受了。棺材匠请鞋匠坐下来喝杯茶，由于戈特利布·舒尔茨性格开朗，他们很快就谈得很亲热了。"您的生意怎样啊？"阿德里安问。"嗨——嗨，"舒尔茨回答，"还凑合。我没什么可抱怨

---

① 共济会是一个于 18、19 世纪出现在欧洲各国的秘密宗教组织，以建立乌托邦式的全人类的宗教性兄弟同盟为目的。

的。当然，我的货比不了您的货：活人没有鞋子也能行，死人没有棺材可就不行哩。""太对啦，"阿德里安说，"如果一个人没钱买鞋子，您别见怪，他能赤脚走路；可是一个穷人死了，他就是讨也要给自己讨一口棺材。"就这样，他们的谈话又继续了一段时间；最后，鞋匠站起身来，和棺材匠告别，并把他的邀请又重申了一遍。

第二天中午十二点整，棺材匠和他的两个女儿走出了新购得的住宅的便门，往邻居家走去。在这里，我将抛弃如今的小说家们所遵从的习惯，不去描写阿德里安·普罗霍洛夫身上的俄罗斯式长袍和阿库里娜、达里娅身上的欧式服装。但是我认为，指出这一点也并非多余；两个女儿都穿上了她们在庄重的场合才穿戴的黄色帽子和红色皮鞋。

鞋匠狭窄的住宅里挤满了客人，他们大多是些德籍的手艺人以及他们的妻子和帮手。几位俄国小官吏中，有一个是岗警、芬兰佬尤尔科，他虽然职位很低，却受到了主人特别的关照。他在自己的职位上已经勤恳、称职地工作了二十五年，就像波戈列里斯基[1]的那位邮递员一样。1812年的大火烧了首都，也毁了他的黄色岗亭。但是，敌人刚刚被赶走，一座镶有几根陶立克式[2]白色圆柱的灰色新亭子又在原地出

---

[1] 波戈列里斯基（1787—1836，原名佩罗夫斯基），俄国作家。此处所言的邮递员是他的一部中篇小说中的主人公。

[2] 一种建筑柱式，其特征为没有基座、柱身有凹槽、柱顶有圆饰等。

现了，尤尔科又开始在亭子周围转悠了，"手持斧钺，身披粗呢盔甲"①。他和住在尼基塔门附近的大部分德籍手艺人都很熟悉，有些手艺人礼拜天甚至还在他家过夜。阿德里安马上就和他认识了，因为这种人是早晚都要用得上的，当客人们入席时，他们两人便坐在了一起。舒尔茨先生和舒尔茨太太以及他们的女儿——十七岁的洛特辛与客人们一起用餐，他们全在招呼着客人，帮着厨娘上菜。啤酒流淌着。尤尔科的胃口一个顶四个，阿德里安比他也不逊色；他的两个女儿则过分地拘谨了；用德语进行的交谈越来越响了。突然，主人请大家安静一下，他拔出蜡封的瓶塞，高声地用俄语喊道："为我好心的露易莎的健康干杯！"一瓶香槟被灌了下去。主人温情地吻了吻他四十岁的妻子那张红润的脸，客人们也都哄闹着为露易莎的健康干了杯。"为我亲爱的客人们的健康干杯！"主人说着，又开了第二瓶香槟，而客人们对他表达了感谢，再一次喝干了各自的杯子。从此，干杯便一次连着一次进行：分别为每位客人的健康干了杯，为莫斯科和整整一打的日耳曼城市干了杯，为所有的行会干了一次，又分门别类地为每个行会各干了一次，还为师傅和帮手们的健康干了杯。阿德里安使劲地喝着，高兴得不得了，以至于还亲自提议了一个逗趣的干杯。突然，客人们中的一个胖胖的面包

---

① 此为俄国作家伊兹梅洛夫（1779—1831）的童话《傻瓜帕霍莫夫娜》（1824）中的一句话。

师端起酒杯，高喊道："为我们的顾客的健康干杯，unser-er, Kundleute!①"这个提议和所有的提议一样，被愉快、一致地接受了。客人们开始相互鞠躬，裁缝给鞋匠鞠躬，鞋匠给裁缝鞠躬，面包师则给他们两个鞠躬，所有的人又给面包师鞠躬，等等。就在这些相互鞠躬进行之间，尤尔科转向自己的邻座，喊了起来："怎么样？老弟，干一杯，为了你那些死人们的健康！"众人哈哈大笑起来，但棺材匠却自认为受到了侮辱，他皱起了眉头。谁也没有注意到这一点，客人们继续喝着，当众人从桌边站起身来的时候，教堂召唤晚祈祷的钟声已经响了。

客人们很晚才散去，而且大部分都带着醉意。胖面包师和一位装订工搀着尤尔科去岗亭，这位装订工的脸

像是红色的羊皮书皮。②

他俩搀送尤尔科的情形，正好符合一句俄国谚语：好借好还，再借不难。棺材匠醉醺醺、气哼哼地回到了家里。"怎么啦，"他大声地议论道，"我这门手艺比起其他的手艺来有什么不干不净的呢？难道棺材匠就是刽子手的兄弟？那帮异

① 德文："为顾客干杯！"
② 此原为俄国剧作家克里日亚宁（1740/1742—1791）的喜剧《吹牛者》（1786）中的一句台词，但普希金有所改动。

教徒笑什么？难道棺材匠就是节日里的小丑？我本想请他们来我的新居，为他们摆一桌丰盛的酒席，这下，就算了吧！我要去请我为他们办过事的那些人，那些信奉正教的死人们。""什么，老爷？"正在为他脱衣的女佣人说道，"你这是说的什么话啊？快画个十字吧？要请死人来庆祝乔迁！太吓人啦！""不错，我就是要请，"阿德里安继续说道，"明天就请。请赏光，诸位恩人，明天晚上我举办宴席，我要用最好的东西来招待诸位。"说着这话，棺材匠便倒在了床上，鼾声很快就响了起来。

阿德里安被叫醒时，院子里还很黑。女商人特柳希娜恰好在这天夜里去世了，她的管家派一位听差骑着马来阿德里安处通报这一消息。棺材匠给了来人一个十戈比的银币做酒钱，然后急忙穿上衣服，向拉兹古里亚伊街赶去。在死者家的大门口，已站上了警察，商人们则在那里转来转去，就像一群嗅到了死尸的乌鸦。逝者躺在桌子上，脸色蜡黄，但尚未因腐烂而变形。亲戚、邻居和家人们挤在逝者的旁边。所有的窗户都打开着；蜡烛在燃烧；几位神父在诵读祈祷文。阿德里安走到特柳希娜的侄子——一位衣着时髦的年轻人——身边，向他说道，棺木、蜡烛、盖尸布等其他殡葬用品立即就可为他准备停当。那位继承人漫不经心地向他道了谢，然后说道，价钱他不在乎，一切全凭棺材匠的良心。棺材匠照例对天发誓，说他决不多拿一分钱；他和管家交换了一个意味深长的眼色，然后就驱车前去忙活了。整整一天，他都在拉兹古里亚伊街和尼基塔门之间来回奔走；天将黑时，他办妥了所有的事，然后便与雇来的马车结了账，步行回家。这是一个月夜。棺材匠顺利地走到了尼基塔门。在耶稣升天节教堂边，我们的熟人尤尔科喝住了他，待认出是棺材匠后，尤尔科便向他祝了晚安。已经很晚了。棺材匠在走近自己的家时，突然看到有个人影溜到了他家的门前，那人推开门，然后便消失在门后。"这是怎么回事？"阿德里安想，"又有顾客来找我了？还是有贼来偷我？要不就是来找两个傻姑娘的情郎？恐怕不是什么好事！"于是，棺材匠已经准备去喊他的朋友尤尔科来帮忙了。就在这时，又有一个人走近便门，打算进去，但在见到了跑过来的主人后，便站了下来，脱下了三角帽。阿德里安觉得他的面孔很熟悉，但仓促之间又不及细看。"您光临我处，"阿德里安喘着粗气说道，"承蒙关照，请进。""别客气，老兄，"那人闷声闷气地说，"你头里走；给客人指个路！"阿德里安也没时间讲客套了。便门没有锁，他走上楼梯，那人跟在他的身后。阿德里安感觉到，他的屋子里有很多人在走动。"真是活见鬼了！"他想着，疾步跨进房间……就在此刻，他的两腿僵住不动了。房间里站满了死人。月光透过窗户，照耀着死人们蜡黄或铁青的脸、黑洞似的嘴巴、半闭半睁的混浊的眼睛和伸得长长的鼻子……阿德里安惊恐地辨认出，这些都是他热心张罗着埋葬掉的人，他还看清了，那个前来做客、和他一起走进屋来的人，就是在大雨中被埋葬的那位旅长。所有的死人，女人和男人们，都围着棺材匠，向他鞠躬，向他问好，只有一个不久前死去的穷人例外，他死的时候没有棺材，是别人施舍为他下葬的，他感到不好意思，又觉得自己的衣衫太寒碜，就没有走上前来，而是规规矩矩地站在一个角落里。其他所有的死人却都穿得很整齐：女性死者们戴着睡帽，披着缎带；做过官的死者身穿制服，但胡须没有剃去；商人们则穿着节日里才穿的长袍。"您瞧，普罗霍洛夫，"旅长代表所有诚心实意的同伴说道，"我们大家都接受了您的邀请；留在家里的只是那些实在走不了的人，他们几乎完全散了架，而且，他们也只剩下了几根不连着皮的骨头，可是，有一位却忍不住了——他非常想来您这儿……"就在这时，一具矮小的骷髅挤过人群，走近了阿德里安。他的头骨对着棺材匠温柔地笑着。红红绿绿的呢布条和破麻袋片挂在他的身上，就像挂在一根竿子上，两根腿骨在一双大靴子里哐啷，就像石臼中的两根木杵。"你不认识我了，普罗霍洛夫，"骷髅说，"你还记得那个退伍的近卫军中士彼得·彼得罗维奇·库里尔金吗？你在1799年把你的第一口棺材卖给了他，那口棺材还是用松木冒充的橡木。"说完这话，死者展开骨架，想要拥抱棺材匠，但棺材匠却使尽力气大叫了一声，推开了他。彼得·彼得罗维奇摇晃了一下，跌倒了，浑身散了架。死者们中间响起了愤怒的抱怨声；他们欲维护其同伴的荣誉，于是便死缠着阿德里安，又是咒骂，又是恐吓，可怜的主人被他们的喊声震聋了耳朵，几乎被活活挤死，他吓得灵魂出窍，跌倒在退伍的近卫军中士的那堆骨头上，失去了知觉。

太阳早已照到了棺材匠躺着的床铺。终于，他睁开了眼，看到了正在他跟前吹茶炊的女佣人。阿德里安恐惧地回忆起了昨天发生的事情。特柳希娜、旅长和中士库里尔金模模糊糊地浮现在他的脑海里。他沉默不语，在等着女佣人开口和他说话，谈谈昨夜那些奇遇的结果。

"你睡得真死啊，阿德里安·普罗霍洛夫老爷，"阿里西里娅把一件长衫递给他，说道，"隔壁的裁缝来找过你，这里的岗警也来过这儿，说今天是派出所所长的命名日，可是你在睡觉，我们不想叫醒你。"

"死者特柳希娜那儿有人来找过我吗？"

"死者？她难道死了？"

"你这个傻瓜！昨天不是你帮我办了她的丧事吗？"

"你怎么啦，老爷？你是发了疯，还是昨天的酒醉还没过去？昨天哪有什么丧事？你一天都在德国人那儿喝酒，醉醺醺地回到家，往床上一躺，一直睡到现在，做祈祷的钟声都已经敲过了。"

"是这样！"满心欢喜的棺材匠说道。

"当然是这样的。"女佣答道。

"如果是这样，就快来杯茶，再把两个女儿叫到这里来。"

驿站长

十四品的文官，

就是驿站的总管。

——维亚泽姆斯基公爵[①]

有谁不曾咒骂过驿站的站长们，不曾和他们吵过架呢？有谁不曾在愤怒的时候向他们索要那要命的意见本，好在上面写满指控他们蛮横、愚蠢和失职的无用的意见呢？有谁不曾视他们为人间的败类，将他们等同于从前那些抄抄写写的小吏，或至少也要将他们视为穆罗姆[②]的强盗呢？然而，我们若能持一个公正的态度，尽量设身处地地为他们想一想，我们对他们的评价也许就能宽容得多。驿站长是何许人？就是一个十四级的真正的受难者，他的职位仅仅能使他免遭殴打，而且还不能保证他永远不挨打（我出此言，凭借的是我的读者们的良心）。维亚泽姆斯基逗趣地称之为"总管"的

---

① 引自俄国诗人维亚泽姆斯基（1792—1878）的《驿站》（1825）一诗，但普希金有所改动；十四品文官是俄国最低一级的官职。

② 9至12世纪居住在奥卡河下游的一个部族。

这种人，其职责是什么呢？难道不是真正的苦役吗？无论白天还是黑夜，都不得安宁。一个旅客在无聊的旅途中积聚起来的所有怨恨，都会发泄在驿站长的身上。天气不好，道路难行，车夫不听话，马匹跑不动——这一切都是驿站长的错。一个旅客走进他那间可怜的小屋，就像看一个敌人那样看着他；如果他能尽快地打发走这位不速之客，倒也好了；但如果恰好没有马呢？……上帝啊！怎样的辱骂和恐吓就会落到他的头上啊！雨天雪地里，他不得不走村串户；在暴风雪中，寒冬腊月里，他也时常走到过道里，以便暂时躲避一个发怒客人的喊叫和推搡。一位将军驾到了，颤抖的驿站长把最后两驾三套马车给了将军，其中还有一辆是供信使用的驿车。将军走了，连声谢也不对他道。五分钟后，车铃又响了！……一位机要信使又把他的驿车证往驿站长的桌子上扔来！……好好地体会这一切，我们的心中就会充满真挚的同情，而不是怨恨。我还要再说几句：二十年间，我不停地奔波，走遍了俄罗斯的东南西北；我几乎熟悉所有的驿道；几代的车夫我都认识；我认得出绝大多数驿站长的脸，和绝大多数的驿站长打过交道；我希望在近期出版我有趣的旅途见闻集锦；在此我只想指出：公众对驿站长阶层的看法是不正确的。这些遭人唾骂的驿站长都是些谦和的人，他们天生一副热心肠，爱跟人交往，既不求名，也不太追逐钱财。从他们的谈话（可惜常被过路的先生们所忽略了）中，可以得到许多有趣的、有教益的东西。至于我自己，我得承认，我宁愿听他们的谈话，而不愿领教一位因公出差的六品官的阔论。

不难猜出，我在可敬的驿站长阶层中有一些朋友。确实，关于他们之中一个站长的记忆，对我来说是很珍贵的。环境曾使我与他相互接近，现在，我就打算和亲爱的读者们谈一谈这个人。

1816 年的五月间，我曾旅行经过××省，走的是一条如今已被毁坏的驿道。我当时职位低下，只得在每一个驿站换马，还要付两匹马的费用。因此，驿站长们对我很不客气，我常常要通过斗争才能得到我认为我有权得到的东西。我年轻气盛，看到驿站长把为我准备好的三匹马又套到了一位官老爷的马车上，我便会因站长的下贱和胆怯而发火。在省长的午餐会上，势利的仆人常把我的菜漏掉不上，这件事也使我很久都难以习惯。如今，这两件事我都认为是符合规矩的了。实际上，如果我们废除"小官敬大官"的普遍规则，而采用另一个比如说是"低智敬高智"的规则，那么我们这儿会出什么事呢？那将会出现怎样的争斗啊！仆人们又该从谁开始上菜呢？但是，还是回到我的故事上来吧。

那一天很闷热。在离××驿站还有三里路的时候，下起了雨，一分钟之后，一场倾盆大雨便把我淋了个透湿。到了驿站后，第一件事就是赶快换衣服，第二件事是要一杯茶喝。"喂，杜尼娅！"站长喊道，"把茶炊摆上来，再去拿点奶油来。"听到站长的话，一个十四岁左右的女孩从隔壁的房间里走了出来，跑向前厅。她的美貌令我吃惊。"这是你的女儿吗？"我问驿站长。"是我女儿，"他带着心满意足的神情回答，"她脑子好使，手脚麻利，活像她死去的母亲。"这时，他开始登记我的驿马证，我则看起了他那简陋然而整洁的住所中挂着的几幅画。画上画的是浪子回头的故事。在第一幅画上，一个戴帽着袍的可敬老人正在送别一个行色匆匆的少年，那少年在急慌慌地接受老人的祝福和钱袋。另一幅画上，年轻人放荡的行为被鲜艳的笔触表现了出来：他坐在桌子旁，四周环绕着一些邪道朋友和厚颜无耻的女人。接下来的一幅画上，把钱财挥霍一空的少年，身穿破衣，头戴三角帽，正在放猪，并在和猪一同吃食；在他的脸上，有深刻的忧伤的悔恨。最后一幅，画的是他回到了父亲身边；善良的老人，身着与第一幅画中同样的冠服，跑出来迎接儿子：浪子跪在地上；在画上的远景中，一个厨师正在宰杀一头肥牛，哥哥在向仆人们询问这一喜庆场面的原因。在每一幅画的下方，我都读到了几行相当不错的德文诗。所有这一切，以及那养着凤仙花的瓦盆、挂着彩色帐幔的床铺和当时出现在我身边的其他东西，至今仍都留存在我的记忆里。就是在此刻，我仍觉得那位驿站主人的形象历历在目，他五十岁上下的年纪，脸色很好，精神矍铄，身穿一件长长的绿色制服，三枚勋章挂在褪了色的绶带上。

我还未及和我的老车夫结清账，杜尼娅就已经抱着茶炊回来了。这个小妖精只两眼便已察觉出，她给我留下了很好的印象；她垂下了蓝色的大眼睛；我与她交谈起来，她在回答我的问题时没有任何胆怯，像是一个见过世面的姑娘。我请她的父亲喝杯果酒，又递了一杯茶给杜尼娅，我们三人便聊开了，就像是老熟人似的。

马早就套好了，可我还是不愿离开驿站长和他的女儿。最后，我终于和他们道了别；父亲祝我一路平安，女儿送我到车边。在前厅里，我站下了，请她让我吻她一下；杜尼娅同意了……

　　　　自从我做了那事之后，

我能够数得出我有过的许多次接吻，但是没有一个吻能像这个吻那样给我留下如此长久、如此愉快的回忆。

几年之后，一些事又使我走上同一条驿道，来到了老地方。我忆起了老站长的女儿，一想到又能见到她了，我便满心欢喜。但是，我也想到，也许，老站长已经被别人替换了；也许，杜尼娅已经嫁人了。他和她也许死了，这个念头也曾在我的意识中闪过，就是怀着这样一种哀伤的预感，我走近了××驿站。

马匹在驿站的小屋前站住了。我走进房间，立即认出了那几幅画着浪子回头故事的画；桌子和床铺摆在老地方；但是窗台上已没有了花，屋里的一切都让人觉得陈旧、凌乱。驿站长裹着皮袄睡在那里；我的到来惊醒了他；他爬了起来……这正是萨姆松·维林；可是他老得多厉害啊！就在他准备填写我的驿马证时，我看着他花白的头发、满是胡须的脸上那一道道深深的皱纹和他佝偻的背，我不能不惊讶，三四年的时光竟能将一个精神抖擞的男人变成这样一个瘦弱的老头。"你还认识我吗？"我问他，"我们可是老熟人啊。""也许是吧，"他闷闷不乐地回答，"这是条大路，打我这儿路过的人很多。""你的杜尼娅好吗？"我接着问道。老人皱起了眉头。"天晓得她好不好。"他回答。"看来，她是嫁人了？"我说道。老人装着像是没听见我的话，继续喃喃地读着我的驿马证。我也不再问话了，吩咐上茶。好奇心搅得我心神不宁，我指望着，果酒能让我的老相识开口说话。

我没猜错：老人不反对喝上一杯。我发现，罗姆酒驱散了他的郁闷。喝第二杯时，他的话就多了起来；不知是真的记起来了，还是假装的，他像是认出了我，于是，我便从他那儿听到了这个当时曾强烈地吸引了我、感动着我的故事。

"这么说，您认识我的杜尼娅？"他开了头，"有谁不认识她呢？唉，杜尼娅啊，杜尼娅！是个好姑娘啊！从前，打这儿过的人，人人都夸她，没有一个人说她不好。太太们常送东西给她，有时是头巾，有时是耳环。过路的老爷们故意留下来，说是为了吃顿午饭或是晚饭，其实只是为了多看她几眼。那时，不论多么生气的老爷，一见到她就安静了下来，对我说话也就客气了。先生，您信不信，那些通讯员啦、信使啦，和她一谈就是半个小时。她支撑着这个家，收拾呀，做饭呀，所有的事她都一人揽下了。而我这个老傻瓜，对她也是看不够，喜欢不够啊；难道是我不爱我的杜尼娅？难道是我不关心我的孩子？难道是她的日子过得不好吗？不是，是灾就逃不脱，命中注定的事，迟早总要出的。"接下来，他便把他的伤心事详详细细地说给我听了。三年前，在一个冬天的晚上，驿站长正在给一个新记事本画格子，女儿正在隔壁为自己缝衣服，这时，驶来一辆三套马车，一个头戴切尔克斯皮帽、身穿军大衣、裹着披风的人走进房间来，要求换马。所有的马都派了出去。听到这个消息，那位旅客提高了嗓门，还举起了鞭子；但是，已习惯应付这种场面的杜尼娅马上从隔壁跑了出来，和声细语地问来人要不要吃点东西。杜尼娅的出现照例又起了作用。来人的怒气消失了，他同意等马回来，并为自己要了一份晚餐。摘下湿漉漉的毛帽，脱下披风和大衣，来人原是一位身材匀称、蓄着黑色唇须的年轻的骠骑兵。他坐到驿站长的身边，与站长和他的女儿愉快地交谈起来。晚餐做好了。与此同时，马匹也返回来了，站长吩咐别给马喂食了，立即给来人的马车套马；但是，当他回到屋里时，却发现那位年轻人躺倒在长凳上，几乎已失去了知觉；他觉得不舒服，脑袋很痛，走不了了……有什么办法！驿站长把自己的床铺让给了他，并且打定了主意：如果病人不见好转，明天早上就派人去 C 城请大夫。

第二天，骠骑兵的情况更糟了。他的一个跟班骑马进城请医生去了。杜尼娅用一块浸了醋的毛巾包着他的头，然后就坐在他的床边缝衣服。驿站长在场时，病人哼哼着，一句话也不说，但是却喝了两杯咖啡，并且还哼哼着说要吃午餐。杜尼娅寸步不离地守着他，他不时地要水喝，杜尼娅便给他端来她调制的柠檬茶。病人湿了湿嘴唇，在每次递还杯子的时候都要用他虚弱的手捏一捏杜尼娅的手，以示感激。午饭前，医生赶到了。他给病人号了脉，用德语和病人交谈了一通，然后用俄语宣布道，病人只需要静养，两三天后便可上路。骠骑兵给了医生二十五卢布的出诊费，并请他留下吃午饭；大夫同意了；他们两人胃口甚佳，喝光了一瓶葡萄酒，然后，彼此心满意足地分了手。

又过了一天，骠骑兵完全康复了。他非常高兴，不停地和杜尼娅、和驿站长开着玩笑；他哼着歌儿，与过路的人聊天，还把旅客的驿马使用证明抄在驿站的记事本上，善良的驿站长着实喜欢上了他，在第三天早上，他已舍不得和他的这位可爱的客人分手了。那天是礼拜天；杜尼娅正准备去做日祷。骠骑兵的车套好了。他大方地向驿站长付了食宿费，然后与站长道别；他又与杜尼娅道别，并提议顺路捎她去村边的教堂。杜尼娅犹豫不决地站在那里……"你怕什么？"父亲对她说，"这位大人又不是狼，他不会把你吃了的，你就坐他的车去教堂吧。"杜尼娅坐进了马车，挨着骠骑兵，仆人跳上自己的座位，车夫吹了一声口哨，马儿便跑了起来。

可怜的驿站长不明白，他怎么会亲口让自己的杜尼娅和那个骠骑兵一起走掉，他为何瞎了眼，他的神经当时出了什么毛病。不出半小时，他的心就不舒服了，开始感到难受，一种不安的心情笼罩了他，使他再也耐不住了，便亲自往教堂跑去。跑近教堂时，他看到人已经散了，但无论在院子里还是在教堂门口，都不见杜尼娅。他急忙走进教堂：一位神父从祭台后走出；一位执事在熄灭蜡烛；两位老太太还在角落里祷告；但是杜尼娅不在教堂里。可怜的父亲鼓起勇气问那执事，杜尼娅是否来做了祈祷。执事回答说，她没来。驿站长半死不活地回到家里。他只剩下一个希望了：杜尼娅出于年轻人的轻率，或许去了下一个驿站，她的教母就住在那个驿站。驿站长痛苦不安地等待着他让女儿坐上去的那辆三套车回来。车夫老也不回来。最后，直到傍晚，醉醺醺的车夫才一个人回来了，他带来一个要命的消息："杜尼娅和骠骑兵一起，离开下一站又往前走了。"

老人经受不住这个不幸的消息；他躺倒在那个年轻的骗子昨天晚上躺过的床上。现在，驿站长把事情前前后后地想了一遍，猜到那场病是装出来的。可怜的老人得了严重的热病；他被送到 C 城，找了一个人暂时代理他的事务。给他治病的，就是那个去看过骠骑兵的大夫。他告诉驿站长，那个年轻人根本没有病，而他当时就猜透了他恶毒的主意，但是他怕挨鞭子，所以没有说出来。无论这个德国医生是在说实话还是想吹嘘自己的远见，他反正是一点也安慰不了这位可怜的病人。病刚有好转，驿站长便向 C 城的邮政支局长请了两个月的假，没对任何人吐露自己的打算，便步行着找自己的女儿去了。他从驿马证上得知，骑兵大尉明斯基是由斯摩棱斯克去彼得堡的。拉过他的那个车夫说，杜尼娅一路上都在哭，虽说她好像是自愿跟他走的。"兴许，"驿站长想，"我能把我这只迷了路的羔羊领回家来。"带着这个念头，他到了彼得堡，住在伊兹梅洛沃团的驻地他的老战友、一个退伍士官的家中，开始寻找女儿。很快，他就打听到了，骑兵大尉明斯基就在彼得堡，住在德蒙特饭店。驿站长决定去找他。

一大早，驿站长就来到了明斯基的接待室，让人去通报大人，说一位老兵要求见他。一个勤务兵一边擦着楦头上的靴子，一边回答说，老爷正在睡觉，十一点之前不会见任何人。驿站长回去了，在约定的时候再次来到这里。披着长袍、戴着一顶红色小圆帽的明斯基走出来见他。"老兄，你有什么事？"他问老人。老人的心急速地跳动，泪水涌上他的眼睛，他用颤抖的声音仅仅说出这样一句话来："大人！……您就行行好吧！……"明斯基飞快地看了他一眼，脸一下红了，他抓住老人的手，把他带进办公室，又随手关上门。"大人！"老人继续说道，"丢掉的东西，是找不回来了，但求您至少把我可怜的杜尼娅还给我。您已经玩够了她，您就别再把她给白白地毁了吧。""生米已煮成熟饭，谁也无法挽回了。"极其狼狈的年轻人说道，"在你面前我有罪，我也乐意请求你的原谅，但是你别指望我会离开杜尼娅，我向你保证，她会很幸福的。你要她干什么？她爱我，她已经不习惯她从前的生活了。无论是你还是她，你们都忘不了过去的事。"然后，在往驿站长的袖口里塞了点什么之后，他打开了门，连驿站长自

60

己也不明白，他怎么就来到了大街上。

他久久地站着不动，最后，他在自己袖子的翻口里看到了一团纸；他掏出纸团，展开了几张皱巴巴的五卢布和十卢布的钞票。泪水又一次涌上了他的眼睛，这是愤怒的泪水！他把纸币揉成一团，扔在地上，又踩了几脚，然后走开了……刚走了几步，他停下了，想了想……又转回身来……但是，钞票已经不在了。一个穿着时髦的年轻人看见他后，便跑向一辆马车，急慌慌地坐上去，大喊一声："快走！……"驿站长没有去追赶他。他决定回自己的驿站去，但在这之前，他指望着至少能见上他可怜的杜尼娅一眼。为了这一目的，两天后他又去了明斯基那儿；但是，勤务兵严厉地对他说，老爷谁也不接待，那个勤务兵还用胸脯把驿站长挤出了接待室，并顶着他的鼻子把门砰地关上了。驿站长站了一会儿，又一会儿，然后走开了。

就在这天的傍晚，驿站长在受难者教堂做完祈祷后，正在铸造街上行走。突然，一辆漂亮的轻便马车在他面前驶过，驿站长认出了明斯基。马车在一幢三层楼前停住了，正停在门前，骠骑兵向台阶跑去。一个令人兴奋的念头出现在驿站长的脑海里。他回转身，走到车夫跟前问道："老弟，这是谁的马？是明斯基的吗？""正是，"车夫回答，"你有什么事？""是这么回事：你的老爷命我送一封信给他的杜尼娅，可是我忘了他的那个杜尼娅住哪儿了。""就住这儿，在二楼。老兄，你这信送迟了，现在他本人已经在她这里了。""没关系，"驿站长怀着一种难以名状的心情答道，"多谢你的指点，我还是要去办我的事。"说完这话，他便走上了楼梯。

房门锁着；他拉了门铃，心情紧张地等了几秒钟。钥匙响了一下，有人为他开了门。"阿芙多季娅·萨姆松诺夫娜是住这儿吗？"他问道。"是住这儿，"一个年轻的女佣答道，"你找她有什么事？"驿站长没有答话，走进了前厅。"不行！不行！"女佣在他的身后喊道，"阿芙多季娅·萨姆松诺夫娜有客人。"但是驿站长没理她，继续往前走。前两个房间很暗，第三个房间有灯光。他走到敞开的房门前，止住了脚步。在这间装饰得很漂亮的房间里，明斯基坐在那里想事。穿着时髦、豪华的杜尼娅则坐在他那张椅子的扶手上，就像一个坐在英国马鞍上的女骑手。她温情地看着明斯基，用自己戴满戒指的手指抚弄着他黑色的鬈发。可怜的驿站长！他从未看到过他的女儿如此地美丽；他情不自禁地欣赏起她来。"谁在那边？"她问道，并没有抬起头。他一直没做声。杜尼娅没有听到回答，便抬起头来……她尖叫着倒在了地毯上。惊慌的明斯基忙去扶她，突然间看见了门边的老站长，他丢下杜尼娅，走到驿站长身边，他在因愤怒而发抖。"你想干什么？"他咬牙切齿地对驿站长说，"你为什么像强盗一样老跟着我？你是想杀了我？快滚！"他用有力的手抓住老人的衣领，把他推到了楼梯上。

老人回到了住处。他的朋友劝他上诉，可是驿站长想了一下，摆了摆手，决定放弃。两天后，他从彼得堡回到自己的驿站，又重操旧业了。"已经三年了，"他最后说道，"我一个人过着，没有杜尼娅，也没有听到过她的任何消息。她是死是活，只有天知道。什么样的事都可能发生。被过路的花花公子拐骗的姑娘，她不是第一个，也不会是最后一个，他把姑娘养上一阵，就扔掉了。在彼得堡这样的小傻瓜很多，今天还披着缎子和天鹅绒，一转眼，第二天就和穷光蛋一道去扫马路了。我有时想到，我的杜尼娅或许已经堕落了，我就恨不得做一次孽，咒她早死……"

这就是我的朋友、一位年老的驿站长讲述的故事，一个不止一次被泪水所中断的故事。驿站长用衣袖缓缓地擦着眼泪，就像德米特里耶夫那个精彩故事中勤恳的捷连季奇那样[①]。那些泪水有一部分是由果酒引起的，在讲故事的过程中，他喝下了五杯酒；但是，无论如何，这眼泪还是强烈地打动了我的心灵。和他分手后，我仍久久地难以忘怀这个年老的驿站长，久久地想着可怜的杜尼娅……

不久前，在又一次路过××镇时，我记起了我的朋友；我得知，由他掌管的那个驿站已经被取消了。"老驿站长还活着吗？"对于我的这个问题，没人能够做出一个令我满意的回答。我决定去重访故地，便租了几匹拉脚的马，向 H 村赶去。

[①] 此指俄国诗人德米特里耶夫（1780—1837）的《退伍的骑兵司务长》（1791）一诗。

这时恰逢秋季。灰色的云朵遮蔽着天空；冷冷的风儿从收割完了的田野上吹来，扫过树木，带走了树上红色和黄色的树叶。我在日落时分来到村子里，把车停在驿站的小屋边。一个胖胖的女人走到前厅（可怜的杜尼娅曾在这里吻过我），回答我的问题说，驿站长一年前死了，这间屋里现在住着一个酿酒师傅，她就是这位师傅的老婆。我开始为这一趟白跑和白白花掉的七个卢布而感到惋惜了。"他是怎么死的？"我问酿酒师傅的妻子。"是喝酒喝的，老爷。"她回答。"他葬在哪里？""就在村边，挨着他从前的老伴。""能领我到他的坟上去吗？""有什么不行的？喂，万卡！你跟小猫玩够了吧。快领这位老爷到墓地去，把驿站长的坟指给他看。"听到这话，一个衣衫褴褛的红头发、一只眼的男孩跑到我的面前，立即领我向村边走去。

　　"你认得死者吗？"我在路上问他。

　　"怎么会不认得？他教过我做笛子。从前，只要他（愿他早进天堂！）一走出酒馆，我们就追着他喊：'老爷爷，老爷爷！给几个核桃吧！'他就把核桃分给了我们。从前，他老跟我们玩。"

　　"过路的人有记得他的吗？"

　　"现在过路的人很少了；陪审员有时来，可他不问死人的事。夏天里来过一位太太，她也问起了老站长，也到过他的坟上。"

　　"什么样的太太？"我好奇地问。

"是一位好看的太太，"男孩回答，"她是坐一辆六匹马拉的车来的，带着三个小少爷、一个奶妈和一条黑色的哈巴狗；她听说老站长已经死了，就哭了起来，然后对她的孩子说：'你们坐着别动，我到墓地去一趟。'我说我愿意领她去。可是太太说：'我自己认得路。'她还给了我一个五戈比的银币，——真是一个好太太啊！……"

我们来到了墓地，这是一块光秃秃的土地，没有围栏，立了许多木头十字架，但是一棵树也没栽。我从来没见过如此凄惨的墓地。

"这就是老站长的坟。"男孩跳上一个沙堆，向我说道；沙堆上埋着一根镶有铜像的黑色十字架。

"那位太太来过这里？"我问。

"来过，"万卡回答，"我跟在她后面看着她。她趴在这里，趴了好久。后来，那位太太到了村里，找到神父，给了他一些钱，就走了，她还给了我一个五戈比的银币，——那太太真好！"

我也给了小男孩五戈比，无论是这趟旅行，还是我花掉的那七个卢布，我都不再觉得有什么可惋惜的了。

村姑小姐

杜申卡，你穿什么衣服都好看。

——波格丹诺维奇 [1]

伊万·彼得罗维奇·别列斯托夫的庄园坐落在我国一个
偏远的外省。年轻时，他在近卫军中服过役，1797 年初退了
伍 [2]，回到自己的村子里，从此再也没有离开过那儿。他娶了
一个穷贵族小姐为妻，妻子后来在分娩时死去，当时，他正
在离家很远的猎场上。对家庭事务的操持，很快就使他得到
了安慰。他自己设计建造了一幢房屋，自办了一个呢织厂，
使收入增加了两倍，于是，他便自认为是远乡近邻中最聪明
的人了，对于这一点，经常携带家眷和爱犬到他家做客的邻
居们，亦不持异议。平日里，他穿着波里斯绒的上衣，每逢
节日，则要换上用自产的呢布缝制的礼服；他亲自记下每一
笔开支，除了《参政院公报》外什么书也不读。一般说来，

---

① 引自俄国诗人波格丹诺维奇（1743—1830）的长诗《杜申卡》（1775）。

② 保罗一世（1754—1801）在 1796 年成为俄国皇帝，登基后不久即对
反对他的叶卡捷琳娜近卫军的军官进行了迫害。

人们是喜爱他的，虽然认为他很高傲。只有他最近的邻居格里高里·伊万诺维奇·穆罗姆斯基一个人和他合不来。穆罗姆斯基是一个地道的俄国老爷。在莫斯科挥霍掉大部分家产之后，妻子也死了，他便回到自己这最后一处村庄，他在这里继续浪荡，但花样已经翻新了。他弄了一个英国花园，几乎把他余下的所有收入都花在这座花园上。他的马夫都穿着英国骑手的装束。他的女儿有一个英国女教师。他按照英国的方法来耕种自己的田地：

　　　照别国的方式长不出俄国的粮食，①

　　因此，虽然格里高里·伊万诺维奇的开销大大地减少了，可收入却不见增多；但就是在乡下，他也能设法借到钱；尽管这样，人们也不认为他是一个蠢人，因为他在本省地主中第一个想出要把庄园抵押给托管委员会，这在当时被认为是一个复杂、大胆的做法。在对他进行谴责的那些人中，别列斯托夫表现得最尖锐。对新方法的敌视，是他性格的一个突出特征。他无法心平气和地谈论邻居的崇英症，时常要找机会对那位邻居进行抨击。在把自己的领地展示给客人看时，听了对于他的家庭经营的称赞之后，他就会带着狡猾的微笑

---

　　① 引自俄国剧作家沙霍夫斯科伊（1777—1846）的《讽刺》（1807）一诗。

说道："是啊，我这里没有我的邻居格里高里·伊万诺维奇的那些东西。我们为什么要照英国人的方式去破产呢？还是让我们按俄国人的法子吃饱肚子吧。"诸如此类的玩笑话，被热心的邻居们添油加醋地传到了格里高里·伊万诺维奇那里。这位英国迷也像我们的报刊作者那样，忍受不了批评。他大为光火，反骂那位吹毛求疵的批评家为笨熊和土佬。

当别列斯托夫的儿子回到父亲的村子里来的时候，两位地主的关系正是这样的。儿子在××大学接受完教育，原打算从军，但是父亲不同意。年轻人又觉得文职工作对他完全不合适。父子俩彼此均不让步，于是，年轻的阿列克赛只好暂且在家当少爷，但还蓄着唇须，以备万一①。

阿列克赛确实是个棒小伙子。的确，如果他那匀称的身材永远裹不上一层军装，如果他的青春不是在出生入死的马背上度过，而是弓腰驼背地在公文堆煎熬过的，那也着实让人遗憾。见他在打猎时总是不择道路地第一个冲击，邻居们便意见一致地说，他永远成不了一个精明的科长。小姐们不时向他望上一眼，有的小姐还死盯着他看；但是，阿列克赛很少理会她们，于是她们便认定，他之所以无动于衷，是因为他正在恋爱。果然，从他的一封信上抄下的地址，便在众人的手中传开了；那个地址是这样的：莫斯科，阿列克赛耶夫修道院对面，铜匠萨维里耶夫家，烦请阿库里娜·彼得罗

---

① 当时的军人必须蓄唇须。

夫娜·库罗奇金娜收转 A. H. P.。

我的那些没有在乡下住过的读者们很难想象得出，县里的那些小姐有多可爱啊！她们在清新的空气里、在自家花园苹果树的绿荫里长大，她们从书本里汲取了关于世界和生活的知识。孤寂、自由和阅读使她们内心的情感和欲望很早就得到了发展，而我们这里的漫不经心的美人们却不曾体会到那样的情感和欲望。对于一个乡间小姐来说，车铃的响声就已是一次奇遇，去邻近城市的一次旅行便构成了生活中的一个时代，客人的来访也会留下长久的，有时竟是永恒的记忆。当然，每个人都可以嘲笑她们的古怪，但是，肤浅观察家的嘲讽并不能抹杀她们许多本质上的优点，这些优点主要就是：性格的独特性，独具一格的品质（individualité①），按照让·保尔②的说法，若是缺少了这种品质，人的崇高便不复存在了。在都城里，妇女们也许会接受到更好的教育；但是，上流社会的习俗很快便会磨平她们的性格，使她们的心灵全都一模一样了，就像她们戴的头饰那样。这一点本无可指责，但是，正如一位古代的注释家所写的那样：nota nostra manet③。

不难想象，阿列克赛会在我们的小姐圈子里留下怎样的

---

① 法文："个性"。

② 让·保尔（1763—1825），德国作家。

③ 拉丁文："我们的意见仍然有效"。

印象。在我们面前以忧郁和绝望的面貌出现的，他是第一个；和小姐们谈论逝去的欢乐和枯萎的青春的，他也是第一个；此外，他还戴了一枚画有骷髅头的黑色戒指。这一切在那个省里都显得非常新奇。小姐们都为他而发疯了。

但是，最关心他的还是我的这个英国迷的女儿丽莎（格里高里通常叫她蓓姬）。两家的父亲互不往来，因此她还没见过阿列克赛的面，可是邻近所有的女孩子们却在一个劲儿地谈论他。丽莎这年十七岁。一双黑黑的眼睛，使她那非常可爱的圆脸庞富有了生气。她是独生女，因此很淘气。她的活跃性格和不断的恶作剧很叫父亲开心，却常使她的女教师萨克逊小姐感到绝望；萨克逊小姐是一个古板的四十岁老姑娘，她在脸上扑了粉，往眉毛上描了黑，一年读两遍《帕米拉》①，并因此获得一年两千卢布的薪水，但她仍觉得在这野蛮的俄罗斯寂寞得要死。

丽莎有一个女仆叫娜斯佳；她比丽莎大，但是和她的小姐一样好动。丽莎非常喜欢她，把自己所有的秘密都告诉她，与她一起想出了许多鬼点子。总之，娜斯佳在普里鲁奇诺村是一个相当重要的角色，其身份超过了法国悲剧中的任何一个贴心女仆。

"让我今天去做一回客吧。"一次，娜斯佳在给小姐穿衣

---

① 《帕米拉，又名美德受到了奖赏》（1740—1741），英国作家理查逊（1689—1761）的一部书信体小说。

时说道。

"去吧。去哪儿做客？"

"是去图吉洛沃村的别列斯托夫家。他们家厨师的老婆过命名日，昨天来叫我们去吃饭。"

"瞧！"丽莎说，"老爷们在吵架，仆人们却在互相请客。"

"老爷们的事与我们有什么相干？"娜斯佳反驳道，"再说，我是您的人，又不是您爸爸的人。您也没和别列斯托夫家的年轻人吵过架呀；如果老头子们乐意，就让他们吵去吧。"

"娜斯佳，你争取见一见阿列克赛·别列斯托夫，回来后好好给我讲讲，他长得什么样，为人怎么样。"

娜斯佳答应了，而丽莎一整天都在焦急地等待娜斯佳回来。晚上，娜斯佳回来了。

"喂，丽莎蓓塔·格里高里耶夫娜，"她一边走进房间，一边说道，"我见到了小别列斯托夫，我可是看够了，整整一天我们都在一块儿。"

"怎么回事？快说，快从头说起。"

"您听着吧。我们一起去了，有我，有阿尼西娅·叶戈罗夫娜，有涅尼拉，有杜茵卡……"

"好了，我知道了。后来呢？"

"请您让我从头讲起嘛。我们去时正好赶上开午饭。房间里全都是人。有科尔宾洛村的，有扎哈里耶沃村的，女管家还带着她的几个女儿，还有赫鲁平诺村的……"

"好啦！别列斯托夫呢？"

“别急嘛。我们在桌子旁边坐了下来，女管家坐在首席，我挨着她……那几个女儿气得噘起了嘴，可是，我才不在乎呢……”

“唉，娜斯佳，你真无聊，说的尽是你那些鸡毛蒜皮的事！”

“瞧您，真没耐心！我们这就离开饭桌……我们一直吃了三个小时，午餐真是丰盛啊；各种各样的夹心牛奶杏仁酥，有蓝色的，有红色的，还有彩色的……我们离开了饭桌，就去花园里玩逮人的游戏，少爷就在这时出现了。”

“怎么样？他真的很好看吗？”

“非常好看，算得上是个美男子。他个子很高、很匀称，脸上红润润的……”

“真的？我还以为他脸色苍白呢。怎么样？你觉得他是个什么样的人？愁眉苦脸的，不爱说话？”

“您说的什么话哟？我打生下来还没见过这么疯的人呢。他竟然想起来要和我们一同玩逮人游戏。”

“和你们一同玩逮人游戏！这不可能！”

“就是可能！还有别的呢！他逮着谁，就要亲谁！”

“随你怎么说吧，娜斯佳，你在说谎。”

“随您怎么说吧，我反正没骗您。我好不容易才躲开他。他就这样和我们闹了一整天。”

“那别人怎么说他在恋爱，对谁都不瞧一眼呢？”

“这我就不知道了，不过他可把我看了个够，对管家的女儿塔尼娅也这样看，就是对科尔宾斯克村的帕莎也不放过，说来真罪过，谁也没有觉得受了欺负，他真是一个调皮鬼啊！"

"这太奇怪了！你还听到他家里人是怎么说他的吗？"

"他们都说：少爷是个好人，心肠好，性子也开朗。只有一点不好，那就是太爱追女孩子了。但是我觉得，这也不是什么大不了的事，慢慢就会学乖了。"

"我真想见他一面啊！"丽莎叹了一口气，说道。

"这有什么难的？图吉洛沃村离我们这儿不远，就三里地，您往那边散散步，或者骑骑马，兴许就能见到他。他每天从一大早起，就扛着枪出去打猎。"

"不，这可不好。他会以为我在追他。再说，两家的父亲又在吵架，所以，我是永远也没法认识他了……啊哈，娜斯佳，你猜怎么着？我要扮成一个村姑。"

"这事准能行；您只要穿上一件厚布上衣、一条筒裙，就可以大胆地去图吉洛沃了；我向您保证，别列斯托夫是不会放过您的。"

"我本地的土话说得很棒。啊哈，娜斯佳，亲爱的娜斯佳！这是一个多好的主意啊！"于是，丽莎躺下了，心里已打定主意，要立即实行这个叫人兴奋的计划。

第二天，她便开始实施自己的计划，她派人去市场买来了厚麻布、中国蓝棉布和铜扣子，在娜斯佳的帮助下为自己裁了一件上衣和一条筒裙，她把女佣们都叫来缝衣服，这样，到傍晚，一切便都准备停当了。丽莎穿上新衣，对着镜子一照，发现自己从来没有这样可爱过。她反复演练着自己的角色，在走动中深深地鞠躬，频频地像泥塑的猫那样扭着头，她还用农民的土语说话，用衣袖掩着脸发笑，她的这番表演赢得了娜斯佳的满口称赞。只有一件事让她犯难：她试着赤脚走过院子，但是长着草的地却刺痛了她细嫩的脚，沙子和碎石子也叫她受不了。可是娜斯佳马上帮她解决了问题：她量了量丽莎的脚，然后就去野外找牧人特罗费姆，要他按那个尺寸做一双树皮鞋。第二天，天还没亮，丽莎就醒了。全家人都还在睡着。娜斯佳在门口等待那个牧人。响起一阵号角声，村里的牲口散散落落地在老爷的宅院旁走过。特罗费姆走到娜斯佳跟前，把一双很小的杂色树皮鞋交给她，又从她那里接过了作为奖赏的半个卢布。丽莎悄悄地把自己打扮成了一个村姑，又耳语着向娜斯佳交代了对付萨克逊小姐的办法，然后便来到后门的台阶，穿过园子，跑到了旷野上。

朝霞在东方闪耀，一簇簇金色的云朵仿佛在恭候着太阳，就像一群朝臣在恭候着君主；晴朗的天空、早晨的清新、露珠、微风和鸟的歌唱，这一切使丽莎的心中充满了天真无邪的欢欣；由于怕碰见熟人，她仿佛不是在走，而是在飞。在走近位于父亲领地边界处的小树林时，丽莎放慢了脚步。她应该在这里等待阿列克赛。她的心在莫名其妙地剧烈跳动；不过，我们年少时做恶作剧时所怀有的那种恐惧，却正是那些恶作剧的魅力之所在。丽莎走进了树林的深处。迎接姑娘的，是树林那低沉的、涌动的喧嚣。她的欢喜之情平和了下来。渐渐地，她陷入了甜蜜的幻想。她在想……然而，一个十六岁的小姐于春晨六时孤身一人在树林中的幻想，难道能被准确地描述出来吗？就这样，她沉思着，正走在一条高树笼盖的小路上，突然，一条漂亮的猎狗朝她叫了起来。丽莎吓坏了，叫了出来。就在这时，传来一个声音："Tout beau, Sbogar ici..."①——紧接着，一个年轻的猎人从灌木丛后走了出来。"别怕，亲爱的，"他向丽莎说道，"我的狗不咬人。"丽莎已经摆脱了恐惧，她立即见机行事起来。"不，老爷，"她装出一副半害怕、半害羞的模样，说道，"我怕，瞧它多凶啊；它又要过来啦。"这时，阿列克赛（读者已经认出了他）仔细地打量了这位年轻的村姑。"如果你真的害怕，我就送送你，"他对她说道，"你肯让我挨着你走吗？""这有什么？"丽莎回答，"随你的便，路是大家走的。""你从哪儿来？""从普里鲁奇诺来；我是铁匠瓦西里的女儿，我是来采蘑菇的。"（丽莎提着一只系着绳子的小篮子。）"你呢，老爷？是图吉洛沃村的吧？""正是，"阿列克赛回答，"我是少爷的跟班。"阿列克赛想把他俩的身份扯平。但是，丽莎看了他一眼，却笑了起来。"你撒谎，"她说道，"别拿我当傻瓜。我看出来了，你就是少爷。""你凭什么这样想？""凭一切。""怎么讲？""少爷和仆人还分不清吗？穿得不一样，说

---

① 法文："别动，斯波加尔，这边来……"

话不一样，连狗也和我们的狗叫得不一样。"阿列克赛越来越喜欢丽莎了。惯于和好看的村姑们厮混的他，便想来搂抱丽莎；但是丽莎躲开了他，突然换上了一副严肃、冷漠的表情，这副表情虽然逗乐了阿列克赛，却也遏止了他进一步的企图。"如果您想要我们往后做个朋友，"她郑重地说道，"那就请您规矩一些。""是谁把你教得这么聪明？"阿列克赛哈哈大笑着说，"莫非是你们小姐的姑娘、我的熟人娜斯佳教的？教育原来就是用这样的方法传播的啊！"丽莎感到，她已超越了她所扮演的角色，于是便马上加以改正。"你想到哪儿去了？"她说，"难道我从来就没去过老爷的家吗？你别怕：我什么都听过，什么都见过。不过，"她继续说道，"尽和你瞎唠叨，蘑菇也没采。老爷，你往那边走吧，我往这边走。请别见怪……"丽莎想走开，阿列克赛却一把抓住了她的手："你叫什么名字，我的心肝？""阿库尼娜，"丽莎答道，使劲地从阿列克赛的手里抽出自己的手指，"放开，老爷；我该回家了。""好吧，我的阿库尼娜，我一定要到你的父亲、到铁匠瓦西里那里去做客。""你说什么？"丽莎急忙反对道，"看在上帝的分上，你别去。要是家里人知道我在林子里孤身一人和一位老爷聊天，那我可就要遭殃了：我的父亲铁匠瓦西里会把我揍死的。""可是我一定要再见你一次。""我还会来这里采蘑菇的。""什么时候来？""就明天吧。""亲爱的阿库尼娜，我真想亲你一下，可是我不敢。就明天吧，还在这个时间，是吗？""是的，是的。""你不会骗我吧？""不会的。""你发誓。""我凭神圣的礼拜五发誓，我一定来。"

两个年轻人分了手。丽莎走出林子，穿过田野，溜进花园，慌慌忙忙地跑进了牲口棚，娜斯佳正在那里等她。她在那里换了衣服，心不在焉地回答了迫不及待的女仆所提的问题，然后便来到客厅里。餐桌已经摆好，早饭也已做好，萨克逊小姐已经在脸上搽了粉，并把腰身束得像个高脚杯，她正在把涂了奶油的面包切成薄片。父亲对女儿的清早散步表示了赞许。"没有什么能比早起更有益于健康了。"他说道。以几个从英国杂志上读来的长寿者的事迹为例，他指出，凡是活到一百岁以上的人都不饮酒，而且在冬天和夏天里都是很早就起床的。丽莎没去听他的话。她在反复回想着清晨相见的那一幕幕场景，回想着阿库尼娜和年轻猎人的所有交谈，于是，良心便开始折磨她了。她在自己反驳自己，说他们的交谈并没有超越体面的界限，说这出闹剧不会带来任何后果。但是，她的反驳是枉然的，她良心的声音盖过了她理性的声音。她做出的明天再去的诺言，尤其让她不安：她几乎下定决心不去履行自己庄严的誓言了。但是，阿列克赛若是等不到她，便会去村里寻找铁匠瓦西里的女儿，而真正的阿库尼娜是一个脸上有麻点的胖姑娘，这样一来，她的轻浮的把戏就会露馅。这一想法让丽莎感到害怕了，于是她决定，明天一早仍以阿库尼娜的身份到树林里去。

在另一边，阿列克赛则欣悦无比，他一整天都在想着他新相识的姑娘；夜间，那位皮肤黝黑的美人的形象仍在梦中追随着他的想象。朝霞刚刚升起，他便已装束完毕了。来不及给猎枪装上子弹，他便带着他那条忠实的狗斯波加尔来到了野外，往约定的会面地点跑去。他难耐地等了将近半个小时；终于，他在灌木丛中发现了闪动的蓝色长裙，便急忙向亲爱的阿库尼娜迎去。看到他感激的狂喜，她笑了一下；但是，阿列克赛立即就看出了她脸上的忧愁和不安。他想得知其原因。丽莎承认，她觉得自己的行为是轻浮的，她为自己的行为感到后悔，这一次她不想违背诺言，但这次见面是最后一次了，她请求他中止这种对谁也没有好处的往来。自然，这一切都是用农民的土话说出口的；但是，这些在普通姑娘身上很罕见的思想和感情却让阿列克赛大为吃惊。他用尽了各种巧言，劝阿库尼娜放弃她的打算；他欲使她相信，她的愿望是无可指责的，他答应一切都服从她，永远不使她有后悔的理由，他乞求她不要剥夺他唯一的快乐：那就是能单独地见到她，哪怕是隔一天一次，哪怕是一星期两次。他是怀着真正的激情说这番话的。在这时，他像是真的坠入了情网。丽莎默默地听着他的话。"答应我一句话，"最后，她说道，"你永远别到村子里去找我，也别四处打听我。答应我，除非我约定的会面，你不能再找别的机会见我。"阿列克赛欲凭神圣的星期五向丽莎起誓，可她却笑着止住了他。"我不需要发誓，"丽莎说，"我只要你的一句答应就够了。"在这之后，他们便友好地谈着话，一同在林子中散步，直到丽莎对阿列克赛说了一句"该走了"。他俩分了手，阿列克赛一个人留在那里，他弄不明白，为什么一个普通的乡村姑娘在两次约会之后便已拥有了对他的绝对权力。他与阿库尼娜的交往对他来说有一种新奇的诱惑，虽然，这个奇怪的乡下姑娘的吩咐使他感到有些难以承受，但他竟根本没有想到要去违背诺言。问题在于，阿列克赛虽然戴着不祥的指环，虽然有秘密的通信和忧郁的绝望之情，但他仍是一个善良、热情的青年，有着一颗纯洁的、能感受到纯真快感的心灵。

如果我一味地听任自己的兴趣，就一定会详详细细地去描写这对年轻人的约会、他们相互之间与日俱增的吸引力和信任感、他们所做的事和所谈的话；但是，我知道，我的大部分读者并不愿分享我的这种愉快。这些细节通常会让人感到甜腻，所以我省略了它们，只简单地交待一下：还不到两个月，我的阿列克赛便已爱得要死要活的了，丽莎也不比他更心静，虽说比他的话要少一些。他们两人都在因现实而幸福，却很少想到未来。

永不分离的念头相当频繁地在他俩的脑海中闪现，但他们彼此之间却从未说穿这一点。原因很清楚：无论阿列克赛如何倾心于他可爱的阿库尼娜，他仍没有忘记他和一位贫穷村姑之间的距离；而丽莎眼见两家的父辈之间存在着深刻的敌意，也不敢指望两家的和解。此外，暗中支撑着她的自尊心的，还有一种模糊、浪漫的希望，希望看到图吉洛沃村的地主终于跪倒在普里鲁奇诺村铁匠女儿的脚下。突然，一件重大的事件几乎改变了他们相互之间的关系。

在一个晴朗、寒冷的早晨（我们俄国的秋天里有很多这样的早晨），伊万·彼得罗维奇·别列斯托夫骑马出外溜达，为了以备万一，他随身带了三对猎狗、一名马夫和几个手持响板的小听差。就在这时，格里高里·伊万诺维奇·穆罗姆斯基也受到了好天气的诱惑，他吩咐套上他那只秃尾巴的母马，便在自己的英国化领地上飞奔开来。走近林子时，他看见了自己的邻居，那位邻居身着一件狐皮里子的高加索式上衣，高傲地骑在马上，正在等待小听差们用叫喊声和响板声从灌木丛中轰出的兔子。如果格里高里·伊万诺维奇能预见到这个碰面，他当然会调头走向另一个方向；但他是完全意外地撞上别列斯托夫的，突然之间，他发现自己离那位邻居只有手枪射程那么远了。没什么办法了。穆罗姆斯基作为一个有教养的欧洲人，还是骑马走近了自己的敌手，很有礼貌地对他表示了欢迎。别列斯托夫也热诚地回了礼，其热诚就像一个被拴着的熊根据其主人的命令在对先生们鞠躬时所表现出来的那样。就在这时，一只兔子从树林中跳了出来，在田野上狂奔。别列斯托夫和马夫高声喊了起来，并放出猎狗，自己也纵马追了过去。穆罗姆斯基的马从未到过猎场，它受了惊，飞奔起来。穆罗姆斯基曾自诩为一位出色的骑手，所以他便放缰让马奔跑，内心里还在为能有机会摆脱那位讨厌的交谈者而感到得意。但是，马儿跑到一条它开始没有看清的深沟前，突然往旁边一拐，穆罗姆斯基没能坐稳。他重重地摔落在冰冻的地上，他躺在那里，诅咒着他那匹秃尾巴母马，那马儿似乎也清醒了过来，它一发觉身上没有了骑手，便停了下来。伊万·彼得罗维奇骑马来到他跟前，问他摔伤了没有。与此同时，那位马夫也抓着那匹有罪的马的辔头，把它牵了回来。马夫扶着穆罗姆斯基骑到马鞍上，别列斯托夫请穆罗姆斯基去他家做客。穆罗姆斯基无法拒绝，因为他感到自己受惠于他人了，这样一来，别列斯托夫便十分荣耀地回了家，他打着一只兔子，又带回了他这位受了伤的、近乎战俘的对手。

两位邻居一面吃早饭，一面相当友好地交谈着。穆罗姆斯基请别列斯托夫借辆马车给他，因为他承认，他是摔伤了，已无法骑马回家了。别列斯托夫一直把客人送到台阶边，而穆罗姆斯基直到得了主人明日去普里鲁奇诺村做客（带阿列克赛·伊万诺维奇一同去）、大家友友好好地吃顿午饭的应诺之后，方才离去。这样一来，那由来已久、根深蒂固的敌意，似乎将由于秃尾巴母马的受惊而消失了。

丽莎跑出来迎接格里高里·伊万诺维奇。"这是怎么回事，爸爸？"她吃惊地问，"您为什么瘸了腿？您的马哪儿去了？这是谁家的马车？""你猜不出的，My dear①。"格里高里·伊万诺维奇回答她道，并把所发生的一切都告诉了她。丽莎几乎不相信自己的耳朵。还没等她清醒过来，格里高里·伊万诺维奇就宣布，别列斯托夫父子明天将来他这里吃

———————————

① 英文："我亲爱的"。

午饭。"您说什么?"丽莎说着,脸色发白了,"别列斯托夫父子!明天来我们家吃饭!不,爸爸,随您的便,我反正是不会露面的。""你怎么了,疯了不成?"父亲反驳道,"你早就变得这样害羞了吗?还是你对他们怀着世袭的仇恨,就像一位浪漫的女英雄?好了,别淘气了……""不,爸爸,就是给我世上任何东西,给我各种各样的珍宝,我也不会在别列斯托夫父子前露面的。"格里高里·伊万诺维奇耸了耸肩,不再与她争论了,因为他知道,跟她闹矛盾是不会有任何结果的,于是,他便休息去了,以消除这次著名的散步所造成的劳累。

丽莎蓓塔·格里高里耶夫娜走进自己的房间,唤来了娜斯佳。她俩长时间地讨论着明天要来客人的事。如果阿列克赛认出这个有教养的小姐就是他的阿库尼娜,他会怎样想呢?关于她的行为和品行、关于她的慎重,他会有什么样的看法呢?另一方面,丽莎又非常想看一看,如此意外的会面会对他产生怎样的影响……突然,一个念头在她的脑中闪出。她立即把那个想法告诉了娜斯佳;她俩都因这个想法而感到兴高采烈,像是捡到了宝贝,并决定马上实施这一计划。

第二天吃早饭时,格里高里·伊万诺维奇问女儿,她是否仍打算躲着不见别列斯托夫父子。"爸爸,"丽莎回答道,"如果能让您满意,我就出面接待他们,但是有一个条件:不管我怎样出现在他们面前,不管我做了什么,您都不能骂我,也不能表示出一丁点儿的吃惊和不满。""又是些恶作剧！"格里高里·伊万诺维奇笑着说，"好吧，好吧；我同意，你想怎么做就怎么做吧，我的黑眼睛的淘气包。"他边说着这话，边吻了吻女儿的额头，之后，丽莎便跑去做准备了。

两点整，一辆自家制作的、套着六匹马的马车驶进院子，驶到绿草茂盛的草坪边。老别列斯托夫在穆罗姆斯基家两个穿制服仆人的帮助下走上了台阶。在他之后，他的儿子也骑马赶到了。父子俩一同走进餐厅，餐厅里的桌子已经摆好。穆罗姆斯基对其邻居的接待是再殷勤不过了，他建议他们在午餐前看一看花园和养兽场，他领着他们在扫得很干净、撒着沙子的小道上走着。老别列斯托夫见许多劳动和时间竟浪费在这些毫无益处的爱好上，内心里很是感到惋惜，但出于礼貌，他并未说什么。他的儿子则既没注意到精打细算的地主的不满，也没有在意自鸣得意的英国迷的陶醉；他在迫不及待地等着主人女儿的出现，他已多次听说过这位小姐了，尽管，如我们所知，他的心已经被人占据了，但是，年轻的漂亮姑娘永远能激起他的幻想。

回到客厅后，他们三人坐了下来：两位老人在回忆往日的时光和服役时的趣闻轶事，阿列克赛却在盘算着，丽莎出场后他该扮演怎样的角色。他认定，冷漠的漫不经心在任何场合下都是最体面的，于是，他便为此做起了准备。门开了，他转过头去，带着一种无动于衷、傲慢轻蔑的神情，这副表情能让一个最老练的情场女人也感到心颤。不幸的是，进来的不是丽莎，而是老小姐萨克逊，她抹了粉，束着腰，她垂着眼睛，微微地屈膝行了个礼，于是，阿列克赛那出色的军人动作算是落了空。还未等他重新抖擞起精神，门又开了，这次进来的是丽莎。众人都站了起来；父亲开始介绍客人，但是，他突然停住了，急忙咬住了自己的嘴唇……丽莎，他的皮肤黝黑的丽莎，脸上的白粉一直搽到耳根，眉毛描得比萨克逊小姐还要浓；比她自己的头发浅得多的一头假鬈发，像路易十四的假发那样耸立着；à l'imbécile① 式的衣袖高耸着，就像 Madame de Pompadour② 的鲸须架式筒裙；腰束得很紧，就像是字母 X，尚未及典当出去的她母亲的所有珠宝，全都闪耀在她的手指、脖子和耳朵上。阿列克赛不可能认出，这个模样可笑、珠光宝气的小姐就是他的阿库尼娜。他父亲前去吻了她的手，他也遗憾地照着父亲的样子做了；当他触到她白嫩的纤指时，他感到那纤指在颤抖。与此同时，他也趁机看了看她那只故意展示出来的、装饰得很诱惑的小小的脚。这一眼，使他稍稍有些能接受她的其他装束了。至于白色的皮肤和黑色的眉毛，由于他心地单纯，我们得承认，他第一眼便没有识破，后来也不曾怀疑。格里高里·伊万诺维奇没有忘记自己的诺言，他竭力不显出吃惊的表情；但是，

---

① 法文："傻瓜式"。一种袖口紧窄、肩部宽松的女上衣式样。

② 法文："蓬帕杜夫人"。蓬帕杜（1721—1764）是法国国王路易十五（1715—1774）的情妇。

女儿的淘气还是让他感到非常有趣，他甚至忍不住要笑出来了。而那位古板的英国女人则一点都不想笑。她猜到，眉黛和香粉是从她的抽屉里偷去的，于是，一层因恼怒而生的红晕便穿透了她脸上那层人工的白粉。她对那个年轻的淘气鬼恶狠狠地瞪了几眼，但丽莎却装着没看见，打算另找时间再做解释。

众人坐到了桌旁。阿列克赛继续做出一副心不在焉、若有所思的样子。丽莎忸怩作态，咬着牙说话，拖腔拿调的，而且只说法语。父亲不时看她几眼，不明白她的用意，只觉得这一切实在有趣。那位英国女人则怒气满面，一句话也不说。只有伊万·彼得罗维奇还像在家里一样；他吃了双份的饭菜，酒也喝足了量，他自己说笑话自己发笑，他的谈话越来越亲热，并不停地哈哈大笑。

最后，众人从餐桌边站起了身；客人们走了，格里高里·伊万诺维奇可以自在地发笑、提问了。"你是怎么想到要捉弄他们的？"他问丽莎，"你知不知道，这粉对你真的很合适啊？我不懂女士化妆的奥秘，但我如果处在你的位置上，就会开始搽粉的；自然，不能太厚，轻轻抹一层就可以了。"丽莎在为其计谋的成功而得意。她拥抱了父亲，答应将考虑他的建议，然后就跑去安慰气愤的萨克逊小姐了，萨克逊小姐过了好半天才同意给丽莎打开门，听一听她的解释。丽莎皮肤太黑，在生人面前觉得不好意思；她又不敢去求……她知道，善良、亲爱的萨克逊小姐会原谅她的等等，等等。萨克逊小姐见丽莎确实没想取笑她，便消了气，她吻了吻丽莎，为了表示和解，她还送给丽莎一盒英国香粉，丽莎接过粉盒，并表示了衷心的谢意。

　　读者能猜得出，第二天早晨的林中约会，丽莎是不会迟到的。"老爷，你昨个儿去了我们主人家了？"她迫不及待地问阿列克赛，"你看那小姐怎么样啊？"阿列克赛回答说，他没注意看她。"真可惜啊。"丽莎说道。"为什么可惜？"阿列克赛问。"因为，我想问问你，人家说的话是不是真的……""人家说的什么话？""人家说我长得像小姐，是真的吗？""简直是瞎扯！和你一比，她就是一个丑八怪。""唉哟，老爷，你这么说话可是罪过啊；我们的小姐皮肤多白啊，打扮得多好看啊！我哪能和她比呀！"阿列克赛对她发誓说，她胜过所有的白皮肤小姐，为了能让她完全安下心来，他便描绘起她的小姐的可笑模样来，直逗得丽莎开怀大笑。"不过，"她又叹息着说道，"就算小姐模样可笑，我和她一比，还是一个不识字的傻瓜。""哟！"阿列克赛说，"这有什么可伤心的！如果你愿意，我现在就来教你认字。""真的？"丽莎说，"真的能试一试？""来吧，亲爱的；我们这就开始。"他俩坐了下来。阿列克赛从口袋里掏出一支铅笔和一个笔记本，结果，阿库尼娜学起字母表来惊人地快。阿列克赛不能不为她的理解力而感到吃惊。第二天早晨，她就想试着写字了；起初，铅笔不听她的使唤，但是几分钟之后，她描画出的字母便相当地整齐了。"真是一个奇迹啊！"阿列克赛说，

"我们的教学比兰开斯特教学法①来得还要快。"的确，在第三节课上，阿库尼娜就已经能一个音节一个音节地读《贵族之女娜塔里娅》②了，还不时停止朗读，说出一些叫阿列克赛惊叹不已的意见来，整整一张纸上，都写满了她从小说中摘录出的句子。

一个星期之后，他们之间便有了通信。邮局设在一棵老橡树的树洞里。娜斯佳暗中担负着邮差的职责。阿列克赛把自己字迹粗犷的信件带到那里，又从那里找到了他的情人歪歪扭扭地写在普通蓝纸上的情书。可以看出，阿库尼娜已习惯于使用一些优雅的词汇了，她的智力也在显著地发展着，形成着。

与此同时，伊万·彼得罗维奇·别列斯托夫和格里高里·伊万诺维奇·穆罗姆斯基之间开始不久的交往也越来越亲密，很快就转化成了友谊，其原因是：穆罗姆斯基时常在想，伊万·彼得罗维奇死后，他所有的家产都会转到阿列克赛·伊万诺维奇的手中；那样一来，阿列克赛·伊万诺维奇就会变成本省最富有的地主之一，他也就没有任何理由不和丽莎结婚了。在另外一边，老别列斯托夫虽然也承认，他的邻居是有些癫狂（照他的话说，就是英国式的傻气），但是，

---

① 英国教育家兰开斯特（1778—1838）总结出的一套以互教互学为特色的教学方法，俄国十二月党人曾在士兵中传播过这种教学方式。

② 俄国作家卡拉姆津（1766—1826）写于1792年的一部中篇小说。

他并不否定邻居身上的许多优点，比如：罕见的机敏；格里高里·伊万诺维奇是有名有望的普隆斯基伯爵的近亲；一个伯爵对于阿列克赛来说会是非常有利的，而穆罗姆斯基若能有机会有利可图地嫁出女儿，或许也会感到高兴的（伊万·彼得罗维奇是这么想的）。两位老人一直在各自想着这件事，最后，两人彼此一谈，便相互拥抱起来，并商定一步步地来办这件事，各人从自家那边开始张罗。穆罗姆斯基面临着一个难题，即如何劝说他的蓓姬尽快与阿列克赛熟悉。可是，在那次难忘的午餐之后，她还一直没见过他呢。看上去，他们相互都不太喜欢对方；至少，阿列克赛已不再来普里鲁奇诺村了，伊万·彼得罗维奇每次来访时，丽莎也都要躲进自己的房间。但是，格里高里·伊万诺维奇想，只要阿列克赛每天都来我这里，那么，蓓姬就一定会爱上他的。这就叫一步步来。时间会促成一切的。

对于自己计划的成功性，伊万·彼得罗维奇是比较有把握的。当天晚上，他就把儿子叫到自己的书房，他在烟斗上吸了一口，沉默了一小会儿，然后说道："阿廖沙，你为什么很久没提参军的事了？那骠骑兵的军装对你已没有什么吸引力了吧！……""不，爸爸，"阿列克赛恭敬地回答，"我觉得，我若是去当了骠骑兵，您会感到不满意的，听从您的安排就是我的职责。""好，"伊万·彼得罗维奇答道，"我看出来了，你是个听话的儿子，这叫我很舒心，我也不想强迫你，我不要求你……马上……就去做文职工作；我现在想让你结婚。"

"和谁结婚，爸爸？"惊慌的阿列克赛问。

"和丽莎蓓塔·格里高里耶夫娜·穆罗姆斯卡娅，"伊万·彼得罗维奇回答，"姑娘很不错，是吗？"

"爸爸，我还不想结婚。"

"你不想，但是我替你想了，反反复复地想过了。"

"随您的便，我反正一点也不喜欢丽莎·穆罗姆斯卡娅。"

"往后就会喜欢上的。忍耐一阵，就会爱上了。"

"我感到我无法使她幸福。"

"她的幸福不要你来烦神。怎么？你就是这样听从家长的意志的吗？好啊！"

"随您怎样，我反正不想结婚，也不会结婚的。"

"你必须结婚，否则，我就要诅咒你，凭上帝发誓，我就会把家产卖光、花尽，连半个卢布也不给你留下！给你三天时间考虑，在此之前，别让我看到你。"

阿列克赛知道，如果父亲的脑袋里起了什么念头，那么，照塔拉斯·斯科季宁①的说法，你就是用钉子打眼也挖不出来；但是，阿列克赛也像他父亲，他同样很难被说服。他走进自己的房间，开始沉思，他想到了家长权力的限度，想到了丽莎蓓塔·格里高里耶夫娜，想到了父亲要把他变为穷光

---

① 俄国作家冯维辛（1745—1792）的喜剧《纨绔少年》（1782）中的一个人物。

蛋的可怕诅咒，最后，想到了阿库尼娜。他第一次清楚地看出，他是深深地爱上了她；娶一个村姑为妻，靠自己的劳动生活，这个浪漫的念头出现在他的脑海里，他对这个果断的行为设想得越多，便越觉得它合情合理。由于多雨的天气，林中的幽会已经中断了一些时日。于是，阿列克赛便用清楚的笔迹和热情的文字写了一封信，向她通报了他所面临的困境，并同时向她求了婚。他马不停蹄地把信投进了树洞信箱，然后便相当悠然地上床睡觉了。

第二天，打定主意的阿列克赛一大早就去了穆罗姆斯基家，想开诚布公地和他谈一谈。他希望能激发出穆罗姆斯基的宽宏大量，把他拉到自己这边来。"格里高里·伊万诺维奇在家吗？"他把马停在普里鲁奇诺庄园的台阶前，问道。"不在，"一个仆人回答道，"格里高里一大早就骑马出门了。""太遗憾了！"阿列克赛想，"那丽莎蓓塔·格里高里耶夫娜总该在家吧？""她在家。"于是，阿列克赛跳下马来，把缰绳递给仆人，没等通报，便走进屋去。

"一切都会解决的，"他在走向客厅时想道，"我要对她本人解释一下。"他走了进去……却一下子愣住了！丽莎……不，是阿库尼娜，亲爱的黑皮肤的阿库尼娜，她穿的不是长裙，而是一件白色的晨衣，她坐在窗前，正在读他的信；她读得那样专注，甚至没有发觉他走了进来。阿列克赛忍不住高兴地喊叫起来。丽莎颤抖了一下，抬起头来，她惊呼了一声，便要跑开。他却扑过去抓住了她。"阿库尼娜，阿库尼

娜！……"丽莎竭力想挣脱他……"Mais laissez-moi donc,
monsieur; mais êtes-vous fou ?"① 她反复地说着、挣脱着。"阿
库尼娜！我的朋友，阿库尼娜！……"他也在反反复复地
说着、吻着她的手。目睹这一场面的萨克逊小姐，不知该如
何作想了。就在这时，门开了，格里高里·伊万诺维奇走了
进来。

"啊哈！"穆罗姆斯基说道，"看来，你们的事已经完全
解决了……"

读者们是会允许我摆脱那描写结局的多余义务的。

---

① 法文："放开我，先生；您疯了吗?"

汉译文学名著

第一辑书目（30种）

第二辑书目（30种）

枕草子	〔日〕清少纳言著	周作人译
尼伯龙人之歌	佚名著	安书祉译
萨迦选集		石琴娥等译
亚瑟王之死	〔英〕托马斯·马洛礼著	黄素封译
呆厮国志	〔英〕亚历山大·蒲柏著	李家真译注
波斯人信札	〔法〕孟德斯鸠著	梁守锵译
东方来信——蒙太古夫人书信集	〔英〕蒙太古夫人著	冯环译
忏悔录	〔法〕卢梭著	李平沤译
阴谋与爱情	〔德〕席勒著	杨武能译
雪莱抒情诗选	〔英〕雪莱著	杨熙龄译
幻灭	〔法〕巴尔扎克著	傅雷译
雨果诗选	〔法〕雨果著	程曾厚译
爱伦·坡短篇小说全集	〔美〕爱伦·坡著	曹明伦译
名利场	〔英〕萨克雷著	杨必译
游美札记	〔英〕查尔斯·狄更斯著	张谷若译
巴黎的忧郁	〔法〕夏尔·波德莱尔著	郭宏安译
卡拉马佐夫兄弟	〔俄〕陀思妥耶夫斯基著	徐振亚·冯增义译
安娜·卡列尼娜	〔俄〕列夫·托尔斯泰著	力冈译
还乡	〔英〕托马斯·哈代著	张谷若译
无名的裘德	〔英〕托马斯·哈代著	张谷若译
快乐王子——王尔德童话全集	〔英〕奥斯卡·王尔德著	李家真译
理想丈夫	〔英〕奥斯卡·王尔德著	许渊冲译
莎乐美 文德美夫人的扇子	〔英〕奥斯卡·王尔德著	许渊冲译
原来如此的故事	〔英〕吉卜林著	曹明伦译
缎子鞋	〔法〕保尔·克洛岱尔著	余中先译
昨日世界：一个欧洲人的回忆	〔奥〕斯蒂芬·茨威格著	史行果译
先知 沙与沫	〔黎巴嫩〕纪伯伦著	李唯中译
诉讼	〔奥〕弗兰茨·卡夫卡著	章国锋译
老人与海	〔美〕欧内斯特·海明威著	吴钧燮译
烦恼的冬天	〔美〕约翰·斯坦贝克著	吴钧燮译

第三辑书目（40种）

埃达	〔冰岛〕佚名著　石琴娥、斯文译
徒然草	〔日〕吉田兼好著　王以铸译
乌托邦	〔英〕托马斯·莫尔著　戴镏龄译
罗密欧与朱丽叶	〔英〕莎士比亚著　朱生豪译
李尔王	〔英〕莎士比亚著　朱生豪译
大洋国	〔英〕哈林顿著　何新译
论批评　云鬟劫	〔英〕亚历山大·蒲柏著　李家真译注
论人	〔英〕亚历山大·蒲柏著　李家真译注
亲和力	〔德〕歌德著　高中甫译
大尉的女儿	〔俄〕普希金著　刘文飞译
悲惨世界	〔法〕雨果著　潘丽珍译
安徒生童话与故事全集	〔丹麦〕安徒生著　石琴娥译
死魂灵	〔俄〕果戈理著　郑海凌译
瓦尔登湖	〔美〕亨利·大卫·梭罗著　李家真译注
罪与罚	〔俄〕陀思妥耶夫斯基著　力冈、袁亚楠译
生活之路	〔俄〕列夫·托尔斯泰著　王志耕译
小妇人	〔美〕路易莎·梅·奥尔科特著　贾辉丰译
生命之用	〔英〕约翰·卢伯克著　曹明伦译
哈代中短篇小说选	〔英〕托马斯·哈代著　张玲、张扬译
卡斯特桥市长	〔英〕托马斯·哈代著　张玲、张扬译
一生	〔法〕莫泊桑著　盛澄华译
莫泊桑短篇小说选	〔法〕莫泊桑著　柳鸣九译
多利安·格雷的画像	〔英〕奥斯卡·王尔德著　李家真译注
苹果车——政治狂想曲	〔英〕萧伯纳著　老舍译
伊坦·弗洛美	〔美〕伊迪斯·华尔顿著　吕叔湘译
施尼茨勒中短篇小说选	〔奥〕阿图尔·施尼茨勒著　高中甫译
约翰·克利斯朵夫	〔法〕罗曼·罗兰著　傅雷译
童年	〔苏联〕高尔基著　郭家申译
在人间	〔苏联〕高尔基著　郭家申译
我的大学	〔苏联〕高尔基著　郭家申译

地粮	〔法〕安德烈·纪德著	盛澄华译
在底层的人们	〔墨〕马里亚诺·阿苏埃拉著	吴广孝译
啊，拓荒者	〔美〕薇拉·凯瑟著	曹明伦译
云雀之歌	〔美〕薇拉·凯瑟著	曹明伦译
我的安东妮亚	〔美〕薇拉·凯瑟著	曹明伦译
绿山墙的安妮	〔加〕露西·莫德·蒙哥马利著	马爱农译
远方的花园——希梅内斯诗选	〔西〕胡安·拉蒙·希梅内斯著	赵振江译
城堡	〔奥〕弗兰茨·卡夫卡著	赵蓉恒译
飘	〔美〕玛格丽特·米切尔著	傅东华译
愤怒的葡萄	〔美〕约翰·斯坦贝克著	胡仲持译

第四辑书目（30 种）

伊戈尔出征记		李锡胤译
莎士比亚诗歌全集——十四行诗及其他	〔英〕莎士比亚著	曹明伦译
伏尔泰小说选	〔法〕伏尔泰著	傅雷译
海上劳工	〔法〕雨果著	许钧译
海华沙之歌	〔美〕朗费罗著	王科一译
远大前程	〔英〕查尔斯·狄更斯著	王科一译
当代英雄	〔俄〕莱蒙托夫著	吕绍宗译
夏洛蒂·勃朗特书信	〔英〕夏洛蒂·勃朗特著	杨静远译
缅因森林	〔美〕梭罗著	李家真译注
鳕鱼海岬	〔美〕梭罗著	李家真译注
黑骏马	〔英〕安娜·休厄尔著	马爱农译
地下室手记	〔俄〕陀思妥耶夫斯基著	刘文飞译
复活	〔俄〕列夫·托尔斯泰著	力冈译
乌有乡消息	〔英〕威廉·莫里斯著	黄嘉德译
生命之乐	〔英〕约翰·卢伯克著	曹明伦译
都德短篇小说选	〔法〕都德著	柳鸣九译
无足轻重的女人	〔英〕奥斯卡·王尔德著	许渊冲译
巴杜亚公爵夫人	〔英〕奥斯卡·王尔德著	许渊冲译
美之陨落：王尔德书信集	〔英〕奥斯卡·王尔德著	孙宜学译
名人传	〔法〕罗曼·罗兰著	傅雷译
伪币制造者	〔法〕安德烈·纪德著	盛澄华译
弗罗斯特诗全集	〔美〕弗罗斯特著	曹明伦译

弗罗斯特文集　　　　　　　　　　　　　〔美〕弗罗斯特著　曹明伦译
卡斯蒂利亚的田野：马查多诗选　〔西〕安东尼奥·马查多著　赵振江译
人类群星闪耀时：十四幅历史人物画像
　　　　　　　　　〔奥〕斯蒂芬·茨威格著　高中甫、潘子立译
被折断的翅膀：纪伯伦中短篇小说选　〔黎巴嫩〕纪伯伦著　李唯中译
蓝色的火焰：纪伯伦爱情书简　　　〔黎巴嫩〕纪伯伦著　薛庆国译
失踪者　　　　　　　　　　　　　〔奥〕弗兰茨·卡夫卡著　徐纪贵译
获而一无所获　　　　　　　　〔美〕欧内斯特·海明威著　曹明伦译
第一人　　　　　　　　　　　　　〔法〕阿尔贝·加缪著　闫素伟译

第五辑书目（30 种）

坎特伯雷故事　　　　　　　　　　　〔英〕乔叟著　李家真译注
暴风雨　　　　　　　　　　　　　〔英〕莎士比亚著　朱生豪译
仲夏夜之梦　　　　　　　　　　　〔英〕莎士比亚著　朱生豪译
山上的耶伯：霍尔堡喜剧五种　　　〔丹麦〕霍尔堡著　京不特译
华兹华斯叙事诗选　　　　　　〔英〕威廉·华兹华斯著　秦立彦译
富兰克林自传　　　　　　　　　　〔美〕富兰克林著　叶英译
别尔金小说集　　　　　　　　　　〔俄〕普希金著　刘文飞译
三个火枪手　　　　　　　　　　　〔法〕大仲马著　江城子译
谁之罪？　　　　　　　　　　　　〔俄〕赫尔岑著　郭家申译
两河一周　　　　　　　　　　　　〔美〕梭罗著　李家真译注
伊万·伊里奇之死　　　　　　〔俄〕列夫·托尔斯泰著　张猛译
蓝眼盗　　　　　　　〔墨〕阿尔塔米拉诺著　段若川、赵振江译
你往何处去　　　　　　〔波兰〕亨利克·显克维奇著　林洪亮译
俊友　　　　　　　　　　　　　　〔法〕莫泊桑著　李青崖译
认真最重要　　　　　　　　〔英〕奥斯卡·王尔德著　许渊冲译
五重塔　　　　　　　　　　　　　〔日〕幸田露伴著　罗嘉译
窄门　　　　　　　　　　　〔法〕安德烈·纪德著　桂裕芳译
我们中的一员　　　　　　　　〔美〕薇拉·凯瑟著　曹明伦译
薇拉·凯瑟短篇小说集　　　　〔美〕薇拉·凯瑟著　曹明伦译
太阳宝库　船木松林　　　　　　〔俄〕普里什文著　任子峰译
堂吉诃德之路　　　　　　　　　　〔西〕阿索林著　王军译
给一个青年诗人的十封信　　　　　〔奥〕里尔克著　冯至译

图书在版编目(CIP)数据

别尔金小说集 /(俄罗斯)普希金著；刘文飞译 . — 北京：商务印书馆，2024
（汉译世界文学名著丛书）
ISBN 978 - 7 - 100 - 23589 - 1

Ⅰ.①别… Ⅱ.①普… ②刘… Ⅲ.①短篇小说— 小说集—俄罗斯—近代 Ⅳ.① I512.44

中国国家版本馆 CIP 数据核字（2024）第 063706 号

汉译世界文学名著丛书
别尔金小说集
〔俄〕普希金 著
刘文飞 译

商 务 印 书 馆 出 版
（北京王府井大街 36 号 邮政编码 100710）
商 务 印 书 馆 发 行
北京中科印刷有限公司印刷
ISBN 978 - 7 - 100 - 23589 - 1

2024 年 6 月第 1 版　　　开本 850×1168　1/32
2024 年 6 月北京第 1 次印刷　印张 3⅝

定价：28.00 元